TRADUÇÃO
JORGE COLI

PREFÁCIO
SCHNEIDER CARPEGGIANI

O HOMEM-FORMIGA

HAN RYNER

ERCOLANO

TÍTULO ORIGINAL *L'homme-fourmi*

© Ercolano Editora, 2023
© Tradução Jorge Coli
Esta publicação segue as normas do Acordo Ortográfico da Língua Portuguesa, Decreto nº 6.583, de 29 de setembro de 2008.

DIREÇÃO EDITORIAL
Régis Mikail
Roberto Borges

PREPARAÇÃO DE TEXTO
Bárbara Waida

REVISÃO DE TEXTO
Carina de Luca

ILUSTRAÇÃO DA CAPA
Microscopic view of an ant, Robert Hooke (1635-1703)

PROJETO GRÁFICO
Estúdio Margem

DIAGRAMAÇÃO
Joyce Kiesel

Todos os direitos reservados à Ercolano Editora Ltda. © 2023.
A reprodução não autorizada desta publicação, no todo ou em parte, e em quaisquer meios impressos ou digitais, constitui violação de direitos autorais (Lei nº 9.610/98).

AGRADECIMENTOS

Alexandre Utchitel, Beatriz Reingenheim, Bibliothèque Nationale de France, Carolina Pio Pedro, Daniela Senador, Daniela Vieira, Éditions de l'Arbre Vengeur, Láiany Oliveira, Mariana Abreu, Mila Paes Leme Marques, Vivian Tedeschi.

Para Jacques Fréhel

No dia em que vi, vibrante, sob a transparência de seus livros, sua generosa natureza, tive em relação à senhora apenas uma justiça de avaro ou de pobre. Desde o primeiro encontro, amo os talentos latinos e sua harmonia simples. Preciso de um esforço mais longo para compreender os gênios bárbaros. A livre fecundidade e a prodigalidade aparentemente delirante que possuem me perturbam com uma admiração em que o espanto, temo, ocupa mais lugar do que a simpatia. Eu me perco nas curvas inesperadas, nas divergências abruptas de suas criações exuberantes, e sou levado a expressar, mais do que meu maravilhamento, minha inquietação. Mas isso é apenas uma questão de tempo e convivência. Quando finalmente conheço a floresta meio selvagem tão bem quanto o parque, sinto o quão mais amplamente bela e nobremente emocionante ela é.

Por isso, com um zelo alegre, esforço-me em gravar no frontispício deste livro — monumento sem dúvida ruinoso, infelizmente! — minha admiração cada vez mais profunda por tantas páginas de *Bretonne*, por quase todas as páginas de *Déçue*[1] e ainda mais, se possível, por esses poemas em prosa surpreendentes que chama humildemente de contos ou novelas, sendo a senhora culpada de não os reunir em um volume.

---

1 *Bretã* e *Decepcionada*, títulos de romances de Alice Telot Martin (1861-1918), que empregava o pseudônimo de Jacques Fréhel. (N.T.)

P. S. — Eu quis deixar esta dedicatória tal como foi publicada pela primeira vez em 1901. Mas não teria eu o dever, minha querida amiga, de avisar que seu crime de abstenção foi reparado? Seus poemas em prosa, delicados e penetrantes, a senhora agrupou, para nossa alegria duradoura, sob o título, de uma melancolia requintada, *Le Cabaret des Larmes* [O Cabaré das lágrimas]. Cometeria uma grave injustiça — não apenas contra o público, mas também contra a senhora — se não mencionasse também o quanto, desde o início do século [XX], a senhora superou todas as suas promessas e todas as nossas esperanças, ou se deixasse de mencionar essas duas obras-primas amplas e completas: *Le Précurseur* [O Precursor] e *La Guirlande sauvage* [A Guirlanda selvagem].

Han Ryner

SUMÁRIO

16 PREFÁCIO
O HOMEM-FORMIGA: ANOTAÇÕES SOBRE UM TURISTA DA MUTAÇÃO • SCHNEIDER CARPEGGIANI

•

28 CAPÍTULO I
36 CAPÍTULO II
42 CAPÍTULO III
48 CAPÍTULO IV
56 CAPÍTULO V
64 CAPÍTULO VI
70 CAPÍTULO VII
76 CAPÍTULO VIII
84 CAPÍTULO IX
90 CAPÍTULO X

SUMÁRIO

96	CAPÍTULO XI
102	CAPÍTULO XII
112	CAPÍTULO XIII
118	CAPÍTULO XIV
126	CAPÍTULO XV
134	CAPÍTULO XVI
142	CAPÍTULO XVII
150	CAPÍTULO XVIII
156	CAPÍTULO XIX
164	CAPÍTULO XX
168	CAPÍTULO XXI
176	CAPÍTULO XXII
180	CAPÍTULO XXIII
188	CAPÍTULO XXIV
194	CAPÍTULO XXV
198	CAPÍTULO XXVI
206	CAPÍTULO XXVII
214	CAPÍTULO XXVIII
220	CAPÍTULO XXIX
228	CAPÍTULO XXX
236	CAPÍTULO XXXI
244	CAPÍTULO XXXII

SUMÁRIO

250	CAPÍTULO XXXIII
254	CAPÍTULO XXXIV
260	CAPÍTULO XXXV
264	CAPÍTULO XXXVI
268	CAPÍTULO XXXVII
272	CAPÍTULO XXXVIII
278	CAPÍTULO XXXIX
282	CAPÍTULO XL
286	CAPÍTULO XLI
290	CAPÍTULO XLII

PREFÁCIO

O HOMEM-FORMIGA: ANOTAÇÕES SOBRE UM TURISTA DA MUTAÇÃO

SCHNEIDER CARPEGGIANI[1]

---

[1] Schneider Carpeggiani é jornalista, curador e doutor em teoria literária.

"Primeiro, eu tomaria cuidado para não ser pisoteada. Depois, encontraria outros iguais a mim. Faríamos uma ótima turma e iríamos nos divertir muito."

Da cantora Madonna, quando questionada sobre o que faria se um dia acordasse transformada num inseto, como aconteceu com o personagem do livro *A metamorfose*, de Franz Kafka.

"Quem briga com bicho, perde."
Matilde Campilho

A notícia é de meados de 2021. Encontrada no Equador, uma espécie de formiga tornou-se o primeiro animal a receber nome científico neutro. *Strumigenys ayersthey* foi batizada em homenagem ao ativista de direitos LGBTI+ Jeremy Ayers, falecido em 2016. Até então, a prática de nomeação de espécies distinguia gêneros a partir dos sufixos "*-ae*", para o feminino, e "*-i*", para o masculino. Mas o inseto recebeu por sufixo o pronome que designa o gênero não binárie em inglês, o "*-they*". Segundo os cientistas responsáveis pela descoberta, tratava-se de um ser tão extraordinário que a distinção faria total sentido.

Cheguei à nomenclatura pioneira de *Strumigenys ayersthey* assim que terminei *O homem-formiga*, do escritor francês Han Ryner, e fui impelido a pesquisar no Google uma combinação de palavras que incluía "formiga" e "*queer*". O romance está cheio de passagens que tensionam questões de gênero, e dos mais variados tipos. Seu protagonista viveu até os vinte e poucos anos como um homem de existência ordinária (ou ao menos acreditando na rigidez da sua fantasia), até que tem seu destino atravessado *literalmente* por um conto de fadas. Mais um *turista da mutação* (terá o *visto* de apenas um ano para viver como inseto) do que um mutante por convicção.

Para ele, até aquele momento, existiam apenas as ideias de "macho" e "fêmea", e a conjectura de algo "neutro" soava tão fantástica quanto as novas dimensões do seu corpo. Chega a ser insultado por suas companhias de formigueiro como um "macho transformado em neutro". Mais à frente, lemos: "Pois no país das formigas, onde a maioria não tem sexo, os seres sexuados são naturalmente os mais ineptos dos especialistas".

A tensão em preservar o mínimo do que antes se sentia como prazer e a dúvida sobre o que se entende agora por afeto, bissexualidade, incesto e até sequências de abuso sexual atravessam a narrativa. Em determinado momento, nosso *turista da mutação* parte para cima de outra formiga, que ele chama de "ignóbil", de "pata-choca" e mesmo com o nome de "Maria", quando acredita estar apaixonado e precisa colar algo humano à sua fantasia, para que ela ganhe forma.

E, sendo mais homem que formiga, não pensa duas vezes na hora de atacar seu objeto de desejo, mas encontra apenas o fracasso: "Rapidamente, abandono essa agonia para me jogar sobre a amada. Arranco brutalmente suas asas, empurro-a para o ninho, empurro-a para um canto isolado onde ninguém possa ver minha loucura. Ali, enquanto minhas antenas expressam amor e ódio, enquanto meus címbalos entoam fúrias e desejos, eu a seguro, pressiono-a contra mim, em um ardente, decepcionante, abraço...".

As chaves do sexo e da dissidência de gênero, para começarmos a pensar essa obra de Ryner, de 1901, fazem sentido para o leitor brasileiro. A mesma Editora Ercolano havia lançado o seu *A menina que não fui*, romance precursor da literatura LGBTI+, de 1903. Num divertido e esclarecedor artigo publicado na revista *Quatro Cinco Um*, a crítica Amara Moira retratou *A menina que não fui* como uma espécie de *O ateneu* (1888), de Raul Pompeia (1863-1895), sem os "eufemismos e o empolamento da linguagem", típicos da literatura brasileira da época. Sem ser necessariamente um autor *queer* (e talvez por isso), Ryner não economizou no escracho para retratar o que Moira chama de figuras "dissidentes". E mais importante: o autor conduziu a narrativa justamente por essas óticas.

Se o protagonista de *A menina que não fui* percebe o poder que desperta nos colegas, atraídos pelo seu corpo num misto de atração e repulsa (por passagens como: "frequentemente me escondia para me olhar num espelho de bolso murmurando: 'Mulherzinha!' E sorria, comovido"), em *O homem-formiga,* a tensão em relação ao gênero dos outros insetos, diante de momentos de desejo, nos leva a trechos que deixam humilhado nosso *turista da mutação* e sua nova consciência *queer*: "Mas agora vejo que, por alguma aberração, por alguma perversidade sem igual, seu amor se transformou em um vil desejo sensual que, felizmente, não pode ter nenhuma realização. Agora vejo você delirando de forma ignóbil como um macho, e você, nobre operária sem asas, foi atingida pela loucura das asas".

Sim, o nosso *turista da mutação* foi transformado não apenas em formiga; também, pelo visto, numa formiga fêmea, ou seja: sem asas, distinção resguardada apenas para as rainhas. E aqui se trata de uma simples, porém, "nobre operária".

Han Ryner é pseudônimo do romancista e filósofo francês Jacques Élie Henri Ambroise Ner, nascido na Argélia em 1861 e falecido em 1938. Intelectual anarquista, cultivava a vertente do anarquismo individualista, que advogava, entre outras, a ideia da liberdade sexual. No prefácio para *A menina que não fui*, o escritor e ativista LGBTI+ João Silvério Trevisan destacou que, segundo Ryner, o anarcoindivualismo se volta exclusivamente à consciência individual e não se apoia nem em dogmas nem em tradições. E isso numa Europa sacudida pelo início da circulação do pensamento de Sigmund Freud (1856-1939) sobre inconsciente e libido (*O homem-formiga* é lançado no mesmo ano de *A psicopatologia da vida cotidiana*, que trata dos atos falhos — ou seja: não éramos tão senhores da razão quanto a ciência da época acreditava), e pela repercussão do processo sofrido por Oscar Wilde, acusado de sodomia, que o levaria à prisão e à morte prematura, em 1900, aos 46 anos.

A chegada das ideias de Ryner ao Brasil, através da chave literária pela Editora Ercolano, é importante para diminuir o histórico apagamento das contribuições anarquistas ao pensamento contemporâneo. Um movimento que, de certa forma, encontra eco ainda na redescoberta do ativista Piotr Kropotkin (1842-1921), russo que tem vivido uma onda de redescoberta, sendo lembrado tanto por ícones *pop*, como Patti Smith, como pela atualidade da sua ideia de "apoio mútuo", que voltou a emergir durante a recente pandemia de covid-19. Kroptkin defendia que o "apoio mútuo" é tão (ou mesmo mais) importante para a sobrevivência das espécies quanto a competição propagada pelo darwinismo.

Após uma das inúmeras cenas violentas de *O homem-formiga*, encontramos, inclusive, a seguinte reflexão do *nosso turista da mutação*: "Sinto um pouco de vergonha pelas formigas ao vê-las se rebaixarem tão frequentemente à ignomínia de matar. Tenho orgulho de ter encontrado entre elas gênios universais; mas prefiro vê-las aplicadas a trabalhos de engenharia, realizando os sonhos de Arquimedes, do que nas horas em que o poder intelectual delas, direcionado por um instinto bestial humano, as transformava em Alexandre e Napoleão".

São por passagens como essas do romance que percebemos o quanto a ficção é fundamental para nos ajudar a atravessar fronteiras, sejam de gêneros, sejam de espécies, num encontro com outros tipos de animalidades que não deixam de residir em nós. A cisão, estabelecida no final do século XVII com a filosofia de René Descartes (1596-1650), provocou a transformação do termo "animal" em antônimo de "humano". Em seu livro *Animalidades: zooliteratura e os limites do humano* (2023), aponta a pesquisadora Maria Esther Maciel: "Fundamentada a partir do que o filósofo francês considerava a faculdade suprema da existência, a razão (e por extensão, a consciência), tal visão mecanicista tornou o animal um estranho a nós, um outro sem alma, incapaz de pensar e, consequentemente, reduzido a um mecanismo". A imaginação literária quebra essa hierarquização, ou ao menos nos leva a pensar através dela.

Talvez o uso mais famoso da formiga na literatura esteja na fábula *A cigarra e a formiga*, atribuída a Esopo (ca. 620 a.C.-564 a.C.) e recontada por La Fontaine (1621-1695), que faz da última a imagem perfeita da operária exemplar, a "dona formiguinha" do imaginário infantil, que é ativa até na pior das intempéries. Na literatura brasileira, o *modus operandi* do inseto é tratado de forma perturbadora no conto *As formigas*, de Lygia Fagundes Telles (1918-2022), em que duas estudantes de medicina, num movimento quase de fuga (talvez um casal *queer* buscando abrigo, uma das muitas dúvidas que o texto da autora abre sem a preocupação de responder), decidem passar a noite numa pensão com jeito de casa assombrada. No meio da madrugada, percebem que formigas marcham para debaixo de uma das camas, numa ação coreografada para reconstruir o que parece ser o esqueleto de um anão. Datado de 1977, o conto de terror parece dialogar com o clima de ditadura então vivido pelo Brasil.

Numa nota menos escura, o poeta Manoel de Barros (1916-2014) pensava nas formigas como uma civilização de deuses caídos, que também fazia sua própria obra e criava seus mundos, para vaticinar no verso derradeiro do poema *Formigas*: "(Eu tenho doutorado em formigas.)". A formiga reaparece no universo religioso graças ao personagem Smilinguido, criado por um grupo evangélico paranaense, no começo da década de 1980. Segundo um dos seus criadores, Samuel Eberle, numa entrevista à *Folha de São Paulo*, em 2005, os cristãos se identificam com o Smilinguido porque ele é "pequeno, frágil e trabalhador".

Em suas múltiplas aparições, a formiga é sempre um personagem que designa uma espécie de ordem, que implica um trabalho incansável. É um ser demiurgo.

O engraçado é que, nesse mosaico de representações de seres vivendo num perpétuo estágio de produção, as formigas chegaram a ser usadas como símbolo de luta contra o *status quo*, pela hoje quase esquecida banda *punk* Adam and the Ants (em bom português: "Adão e as formigas", ou seja, a bíblia do Smilinguido nunca está muito longe de emergir quando se trata do inseto em questão). O seu hit *Antmusic* ("A música da formiga") chegou ao topo das paradas britânicas em 1980, propondo uma nova sonoridade, que quebraria as regras rígidas do *establishment* musical da época. No fundo, o que o grupo propunha era apenas uma nova ordem subjugando a anterior. Mais darwinista, impossível.

O romance de Han Ryner é lançado poucos anos antes de o escritor tcheco Franz Kafka (1883-1924) escrever as duas obras sobre mutação mais famosas do século XX: *O processo*, que transformou o homem num mero réu, sob as rédeas de um estado totalitário; e *A metamorfose*, em que o protagonista se vê transformado num inseto gigante e que, pelo asco que causa a todos ao seu redor, acabou consagrado no imaginário popular como uma barata (apesar de a novela de Kafka jamais designar a espécie do seu "monstro").

Dificilmente o personagem kafkiano seria confundido com uma formiga gigante. A formiga é animal ligado à ordem e à estética, tanto por sua forma de marchar sobre (e sob) o mundo quanto por suas edificações. Pense na arquitetura exemplar que encontramos nos formigueiros, espécie de pirâmides em miniatura a cruzar os nossos caminhos a cada dia. Seguindo essa ideia, os primeiros momentos da nova condição do nosso *turista da mutação*, inclusive, são sensoriais, táteis, quase sexuais, como tratamos no início do texto. Não há asco, e sim certo medo (claro!) e deslumbre, em uma viagem alucinógena meio ao estilo Aldous Huxley. E, pouco antes da transformação, ele aponta os detalhes do seu olhar estetizante, que talvez justifiquem o porquê da sua futura condição: "Não gosto muito que a beleza seja estranha. Eu a quero feita de regularidade e saúde, resultado da obediência a todas as leis da vida".

O nome do nosso *turista da mutação* é Octave-Marius Péditant, ariano de 1875, e filho mais velho de uma família abastada, mas com onze filhos para sustentar. Deles todos, Péditant é o único não esbanjador. Desgraçadamente, acompanha a herança familiar ser desbastada pelos parentes, ao longo dos anos. As posições de formiga e de cigarras são postas na mesa, antes mesmo da magia da fábula entrar em andamento.

A transformação de Péditant é deliciosamente narrada em seus pormenores *nonsense*. Encontra uma fada (vale destacar: ele logo a reconhece como fada, já que não se trata de um "negacionista"), que lhe concede a honra de fazer um pedido. Quer uma fortuna em dinheiro. Um pedido compreensível, porém, convenhamos, pouco inventivo. Terá o que quer, mas por que não fazer outro, agora mais interessante? Deseja, então, assumir o cargo de ministro. Muito simples, outra vez. Será que o nosso herói não teria um desejo original, que enfim o destacasse da simplicidade da raça humana?

Já sem muita paciência com tamanha falta de imaginação, a fada então sugere que Péditant troque de corpo com uma formiga por um ano. Ele aceita, sem nem pensar muito, e ganha a forma física do animal que foi, ainda que não o soubesse, ao longo da vida. E, justamente graças ao troca-troca, começa a ser, de fato, o homem que acreditava ter sido até então.

Abracadabra feito, evito detalhar as inúmeras aventuras e trapalhadas que o leitor encontrará nas páginas a seguir. Mas é preciso destacar a potência do talento narrativo de Han Ryner, injustamente esquecido quando pensamos na galeria dos grandes autores da virada entre os séculos XIX e XX. Este é um livro para você rir sem parar do absurdo da condição humana, tão pequena e tão frágil, meio como o Smilinguido.

É um prazer acompanhar Ryner acenar, a cada nova página, para a literatura consagrada da sua época (e a gente até consegue vê-lo fazendo isso às gargalhadas), propondo um misto às avessas de *As aventuras de Gulliver* com um *Robinson Crusoé*, em que o personagem Sexta-Feira agora é digno do nome de Aristóteles (você vai entender ironia...).

A publicação de *O homem-formiga*, que dá continuidade ao projeto iniciado com *A menina que não fui*, é um trabalho exemplar da Ercolano, em sintonia com a nossa tarefa maior hoje como leitores: a de repensar os lugares ocupados no cânone literário, compreendendo, sobretudo, os porquês das exclusões. Assim (meio como fez Ryner em suas obras em que se transforma em outres), repensaremos junto as nossas poéticas de existência.

CAPÍTULO

ANTES DE RELATAR MINHA INCRÍVEL METAMORFOSE E AS ESTRANHAS AVENTURAS DA MINHA VIDA DE FORMIGA, PARECE-ME UMA BOA ABORDAGEM FALAR SOBRE QUEM EU ERA no momento da surpresa e resumir brevemente minha existência anterior.

Estas primeiras páginas serão difíceis e humilhantes para mim. Desde aquela prova surpreendente, minhas ideias e sentimentos mudaram bastante. O homem que sou agora desdenha justamente do homem que fui. Vou tentar ressuscitar por um momento esse ser desprezível e desprezado. É a ele que devo dar a palavra primeiro. O passado seria retratado de forma imprecisa sem as cores do passado, e não posso explicar um período da minha existência sem recuperar o tom com o qual eu falava naquela época e o ritmo com o qual pensava.

Eu me chamo Octave-Marius Péditant. Nasci em 8 de abril de 1875 em Château-Arnoux (Baixos Alpes), de pais respeitáveis, ricos para nossa aldeia e orgulhosos de sua superioridade financeira. Possuíam mais de duzentos mil francos, entre terras, imóveis e dinheiro bem investido. Infelizmente, eles, que eram tão prudentes e moderados em todas as outras coisas, não souberam limitar o número de filhos que tiveram.

Eu era o mais velho e, desde tenra idade, mostrava aptidões promissoras para a ciência. Eles não tiveram a justiça de compreender o que era devido à minha inteligência. No entanto, se eu tivesse permanecido filho único, se tivesse renda suficiente para viver sem trabalho forçado, para dedicar todo o meu tempo aos estudos que amava, poderia ter me tornado um economista de destaque, no mesmo nível do sr. Paul Leroy-Beaulieu ou do sr. Baudrillart! Ai de mim, tive seis irmãos e quatro irmãs. E, ainda assim, felizmente, meu pai morreu muito jovem, sem ter tempo material de completar a dúzia.

Embora eu fale com uma razão inflexível, mesmo quando se trata dos meus, não gostaria que me considerassem como tendo um coração ruim. Esse julgamento seria injusto. E aqui está a prova: meu pai morreu sem testamento. Quando atingi a maioridade, poderia ter reivindicado meus direitos. Mas não fiz isso. Deixei minha boa mãe, enquanto ela viveu, desfrutar do que me pertencia. E mesmo quando meu irmão Bienvenu e o marido da minha irmã Désirée quiseram pedir a partilha, mostrei a eles o quão inconveniente seria tanta pressa; expliquei o quanto perderíamos em termos de estima dos nossos compatriotas; apontei que nossa mãe, muito doente, tinha pouco tempo de vida. Em suma, usei minha autoridade de mais velho e de estudioso contra meus próprios interesses. Tive o desprazer de ter sucesso. Se tivesse fracassado e esses filhos ingratos tivessem persistido, toda a região, ao criticá-los, teria elogiado minha nobre oposição, e eu teria colhido mais benefícios de uma bela ação que, precisamente, não me teria custado nada.

Aos oito anos, puseram-me no colégio (hoje liceu) em Digne. Logo fui retirado dessa instituição insuficiente e realizei a maior parte dos meus estudos no liceu de Marselha. Sempre estive entre os primeiros da minha classe. Mas o período mais brilhante de todos foi durante meus estudos de Direito. Fui aprovado como doutor com cinco bolas brancas.[1] Eu teria gostado, após esses sucessos auspiciosos, de me dedicar completamente à nobre ciência da economia política, a mais bela criação dos séculos XVIII e XIX, aquela que nos trará o respeito do futuro. No entanto, meu patrimônio, reduzido demais em virtude do grande número de intrusos (refiro-me aos meus irmãos e irmãs, seres grosseiros que quiseram deixar a escola ou o internato muito jovens e que só nos trouxeram motivos de queixa a meus pais e a mim), não me permitiu seguir minha vocação sem obstáculos.

Escolhi uma carreira liberal, respeitável, que oferece segurança e consideração. Entrei para o cartório de registros. Aos vinte e oito anos, já sendo um coletor

---

1 Nos exames, a bola branca indicava uma avaliação favorável; a bola preta, uma avaliação desfavorável; e a bola vermelha, uma avaliação intermediária. (N.T.)

em Sisteron, fiz um casamento razoável. Minha esposa trouxe um dote de cinquenta mil francos e expectativas de herança bastante boas, que tinham o defeito de parecer bem distantes.

Apesar do pouco tempo livre que me restava por causa de minhas obrigações profissionais, publiquei vários ensaios de economia política sucessivamente. Nosso governo — que é caluniado em demasia — me recompensou com as palmas acadêmicas e o mérito agrícola.[2] Meu último trabalho, o que me rendeu a fita verde,[3] foi uma estatística cuidadosa sobre as depredações cometidas por uma espécie de formiga, a *Aphaenogaster barbara*, em nossos campos de trigo.

☦

II

Em 11 de abril de 1897, fui dar um passeio em um planalto próximo a Sisteron, um lugar chamado Chambrancon. Deitado de bruços — uma postura inadequada em si mesma, que só poderia ser justificada pelo amor à ciência —, estudava os movimentos de um formigueiro. Surgiu uma dúvida sobre um detalhe afirmado em meu folheto por outro observador. Eu queria verificar e, em caso de erro, adicionar uma nota à segunda edição da minha *Estatística das depredações da* Aphaenogaster barbara *em nossos campos de trigo.*

Com a paciência que, segundo Buffon, é suficiente para moldar o gênio, eu examinava os previdentes insetos. De repente, sem ter ouvido o menor som de passos no fundo da minha distração, ouvi palavras, estranhas em sua suavidade sonora, estranhas em seu significado: "Bom dia, bom dia", diziam elas. "Eu sou uma fada."

---

2   Condecorações oficiais francesas voltadas para o conhecimento. (N.T.)

3   Cor da fita da medalha do mérito agrícola. (N.T.)

Minha mente traduziu com grande vivacidade: "Você é uma louca". Sentia-me hostil em relação à recém-chegada. Era uma indiscrição insolente interromper assim o meu trabalho com palavras mistificadoras. E era doloroso, mesmo na liberdade de um campo deserto, ser pego deitado de bruços por uma mulher que, sem dúvida, não entendia nada das exigências da observação científica.

Levantei-me apressadamente, como se pressionado por um aguilhão. Com mão rápida, sacudi a poeira da minha calça. E olhei para a importuna.

Suas roupas, fora de qualquer moda, mais pareciam drapeados do que vestidos, seguindo em grandes pregas amarelas as curvas do seu corpo. Um ignorante as teria achado apenas ridículas. Eu sentia tão intensamente quanto qualquer outra pessoa o quão inadequadas elas eram em nosso mundo moderno. Mas elas não me incomodavam como algo desconhecido; despertavam em mim lembranças de pinturas. E, sem dúvida, eu as teria achado engenhosamente belas se, em vez de correrem pelos campos, tivessem se manifestado em um baile a fantasia.

Dessa harmonia nobre, que teria sido encantadora não fosse sua irritante inoportunidade, emanava um perfume delicioso e sem igual. Darei uma ideia totalmente errada e grosseira ao compará-lo a uma mistura de tomilho e lavanda atenuada por não sei que meios, tornando-o leve, discreto e, ao mesmo tempo, mais penetrante.

A mulher que carregava essa atmosfera acariciante e esses tecidos enfáticos era bela, mas de uma dessas belezas desconcertantes, inúteis, que não despertam desejo. Ela era alta demais, tão alta quanto a Virgem sentada por Da Vinci nos joelhos de Santa Ana, cuja estatura excessiva é condenada pela maioria dos críticos autorizados. O defeito chocava ainda mais porque ela se mantinha de pé, com a cabeça erguida, orgulhosa. Seus longos e finos cabelos estavam soltos, cobrindo livremente os ombros como um manto negro, e combinavam com o amarelo do vestido em uma harmonia agradável. O rosto se assemelhava muito ao da Virgem de Leonardo que mencionei há pouco. No entanto, era menos cheio, sua graça e sua malícia ainda mais jovens, quase pueris, o que criava um contraste bizarro, encantador e, porém, irritante, com a extrema grandeza dessa pessoa e o orgulho de sua atitude. Não gosto muito que a beleza seja estranha. Eu a quero feita de regularidade e saúde, resultado da obediência a todas as leis da vida.

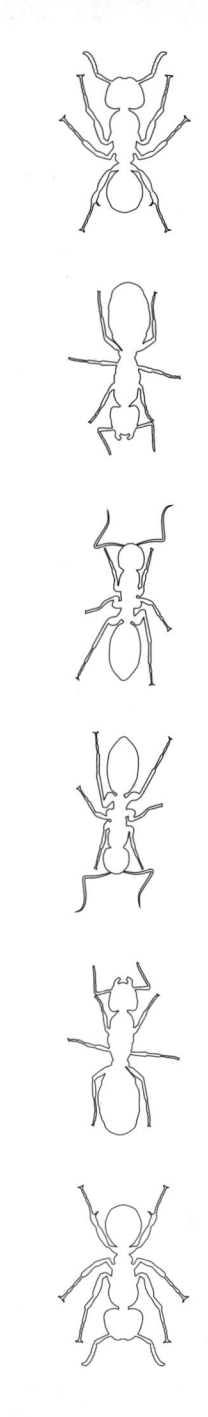

CAPÍTULO

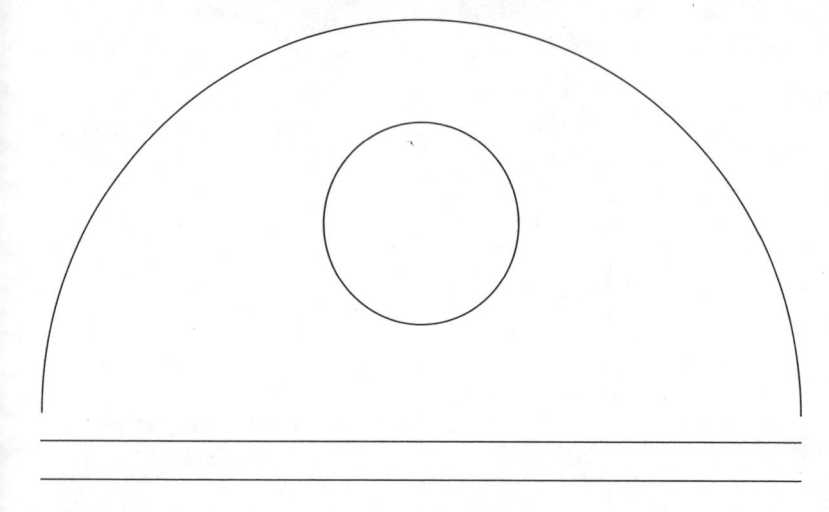

II

EU SENTI QUE SERIA INAPROPRIADO CONTINUAR MEU EXAME SILENCIOSO. E DISSE, COM UM SORRISO DE ALGUÉM QUE SE DIGNA A FAZER UMA PIADA:
— BOM DIA, SENHORITA FADA. ELA JÁ ESTAVA SORRINDO

e seus olhos brilhavam como brilham os olhos dos loucos. Minha saudação adicionou raios ao seu sorriso, e seu olhar se tornou uma fogueira de alegria.

— Ah! — disse ela. — Pelo menos você não é um negacionista!

Eu dei um passo para trás, olhei com desdém para a pessoa impertinente e observei, muito digno:

— Senhorita, os recebedores do registro não estão acostumados a serem tratados por "você" por...

Hesitei por um momento. Eu pensei: "por qualquer sirigaita". Mas tive imediatamente piedade por sua loucura evidente demais. Eu me contive e terminei minha frase de forma menos ofensiva, embora ainda muito firme:

— Os recebedores do registro não estão acostumados a serem tratados por "você" por qualquer um.

Ela franziu a testa, aproximou-se de mim, imperiosa, dominadora. Naquele momento, sua beleza intimidante e absurda me fez evocar as palavras: "uma rainha louca". No entanto, ela sorriu novamente, com uma indulgência que deveria me ofender, quando respondeu:

— As fadas são gramáticas lógicas. Elas não usam o plural quando se dirigem a apenas um. Se isso o fere em francês, falarei em latim com você.[4]

Ela abafou uma risada e, dobrando seu grande porte em uma reverência zombeteira, disse:

— *Salve, præposite publicis tabulis exator.*[5]

Em seguida, endireitando-se, com uma expressão muito divertida:

— Existem títulos um pouco grotescos... quando os traduzimos.

---

4   Em francês, o pronome de tratamento da segunda pessoa do plural — *vous* — é o mesmo utilizado no tratamento formal a um só interlocutor. (N.E.)

5   "Salve, ó fiscal responsável pelos registros públicos." Em latim no original. (N.T.)

Eu estava esmagado pelo estupor. Ela parecia lisonjeada pelo meu silêncio admirativo. Com uma voz que quase não era mais insolente, explicou:

— Respeitável recebedor do registro, nunca tive a intenção de ofendê-lo. Pelo contrário, queria agradecer por não negar meu título de fada, como fazem todos os imbecis que encontro.

Seu sorriso se tornou amável. Sua beleza esmagadora se transformou em uma adorável lindeza sedutora. Assim se transfiguram, na alegria do amor, certos rostos altivos. E ela dizia, com uma voz que canta e penetra:

— Ouça, amigo. Nós, as fadas, somos ativas em nossa gratidão; nossas palavras são atrelagens que correm arrastando atrás de si o benefício. Expresse um desejo e meu poder será exercido em seu favor.

A loucura é contagiosa. Eis que eu, um homem sensato, um recebedor do registro, um doutor em Direito, um economista, disse para mim mesmo, por um momento: "Uma fada. Quem sabe? Afinal, não sabemos nada". E certamente foi apenas um lampejo de demência, logo apagado na imensidão sombria de uma vergonha. Mas não tive mais coragem de me afastar daquela criatura bizarra e poética. Senti-me incapaz de desagradar "a rainha louca". Consenti em participar do seu jogo, em dar a minha réplica naquela fantasmagoria. Respondi:

— Imortal, perdoe a grosseria dos desejos de um mortal. Já tenho saúde e inteligência. As mulheres me acham bonito. O que mais eu desejaria além da fortuna?

— O que você chama de fortuna?

Esclareci:

— Admire a moderação de um sábio, ou, pelo menos, não desprezei a mediocridade dos meus desejos. Um milhãozinho bastaria para mim.

— Você terá o seu milhão — afirmou ela.

Perguntei, mais animado do que deveria:

— Quando?

— Em quinze meses.

Eu a pressionei novamente:
— Por que não agora mesmo?

Mas a fada deu uma resposta digna de uma mulher comum:
— Porque sim.

E ordenou:
— Faça um segundo desejo.

Depois de uma longa reflexão, fiz uma careta de indiferença e meus braços levantaram levemente um gesto constrangido:
— Não vejo o que poderia pedir...

Retomei, com hesitação, com medo:
— Ser ministro, talvez.
— Você o será em cinco anos, se ainda o desejar.

Essa promessa, mesmo que eu a levasse a sério, não me traria grande alegria. Desta vez, não reclamei: "Por que não agora mesmo?".

Mas a fada me instigava:
— Faça um terceiro desejo.

Embora tudo isso, em meus pensamentos, fosse brincadeira e conversa fiada, minha moderação natural se revoltou, e eu disse:
— Não tenho mais nada a desejar.

— O quê? — exclamou "a rainha louca". — Você não pede nada para a sua alma...

Eu protestei:
— Mas eu pedi tudo para a minha alma. A fortuna me permitiria me entregar sem reservas à minha querida economia política. Eu viveria em Paris, no meio de uma sociedade inteligente. Eu assistiria às estreias...

Ela me interrompeu, com desprezo:
— Ah! É isso que você chama de alegrias da alma. Pobre homem! Que nem mesmo é curioso...

— Como assim?! Não sou curioso, eu... Bem, e os meus trabalhos estatísticos?...

Ela nem se dignou a responder. Sentou-se na grama, fez um sinal para que eu a imitasse. Delicadamente, seus dedos pegaram uma formiga. Ela a observou, com um sorriso estranho. Então perguntou:

— Você nunca desejou saber o que se passa na mente de outro animal?

Meu orgulho de homem se expressou:

— Deve acontecer tão pouco lá dentro!

— Está enganado — afirmou ela. — Você quer experimentar? Quer que eu o transforme em formiga?...

CAPÍTULO III

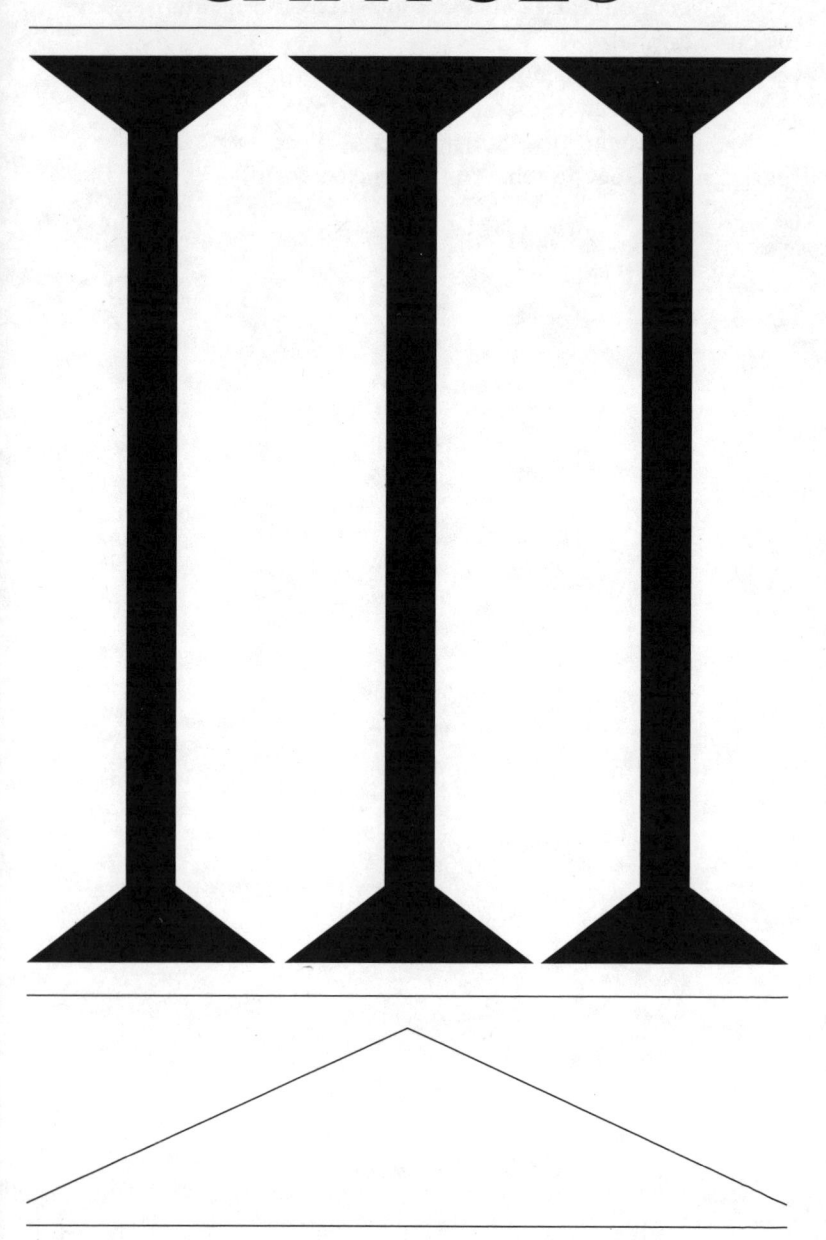

UMA GRANDE COMPAIXÃO POR ESSA MULHER ADMIRÁVEL, QUE ERA UMA LOUCA, TOMOU CONTA DE MIM. E ACREDITEI VER UMA MANEIRA DE CURÁ-LA: DEMONSTRAR SUA IMPOTÊNCIA.

Evitei as inabilidades dos meus primeiros desejos. Comecei por cortar qualquer escape para a presunçosa. Com um tom incrédulo, quase assobiei:

— Transformar-me em formiga?... Quando?

— Pois agora mesmo — disse ela.

Repliquei, zombeteiro:

— Como você faria? Esqueceu sua varinha.

Mas ela disse:

— Você acha que um rei precisa pegar seu cetro para dar uma ordem?... Aliás, se deseja ver os sinais exteriores do meu poder, seja satisfeito.

Por não sei qual truque de prestidigitação, ela tinha entre os dedos uma espécie de bastão de maestro. A formiga que ela havia pegado antes estava sobre esse bastão, percorrendo-o apressadamente, em um terror desesperado: ela se precipitava em direção à extremidade e, repentinamente, como se tivesse batido em um obstáculo invisível, voltava para trás.

"A rainha louca" sorriu para a formiga. E disse:

— Acalme-se. Eu não lhe quero mal algum.

A formiga, como se tivesse ouvido e compreendido, parou. A fim de se ocupar, ela começou a fazer a limpeza de suas antenas.

Novamente, a estranha jovem se dirigiu a mim:

— Você quer se tornar esse pequeno animal?

— Eu quero.

— E não impõe nenhuma condição? — interrogou. — Não faz nenhuma reserva.

— Para quê?

Ela exclamou:

— Imprudente!

Olhou para mim com infinita doçura. Então seu olhar se acendeu com uma chama irônica e estas palavras chegaram até mim — como as de mulheres tentadoras que se aproximam graciosas, um pouco coquetes, ondulações hesitantes que avançam, mas que qualquer gesto em sua direção as faz recuar:

— E o milhão que deve cair em quinze meses para o sr. recebedor do registro, o que devo fazer com ele?

Eu não queria ficar para trás em zombaria e, apesar da emoção que me fazia arrepiar à palavra "milhão", retruquei:

— Você me fez promessas contraditórias para um pobre espírito mortal. Agora é sua responsabilidade cumpri-las todas.

— É simples — disse ela. — Você será uma formiga apenas por um ano... O acordo lhe convém?

— Eu aceito.

Ela insistiu.

— E você não pede mais nada? Não vê outras precauções a serem tomadas?

— Não vejo.

Mas ela, rindo alto:

— Que tolo esse recebedor do registro! Que vantagem você teria na viagem se esquecesse de levar um pouco de memória? Você ainda precisa da capacidade de pensar como um homem, tanto quanto como uma formiga.

Eu exclamei:

— Pobre rainha louca! Do impossível você cai no inconcebível. Como o cérebro ridiculamente pequeno de uma formiga poderia abrigar um pensamento de homem?

Ela disse, injuriosa:

— O pensamento de um homem genial talvez a esmagasse. Mas o espírito de um homem comum pouco pesa.

Após um silêncio, ela continuou:

— Não posso garantir que seu pensamento duplo ocorrerá sem grande sofrimento. Mas raramente seus dois espíritos serão luzes simultâneas. Geralmente, apenas um iluminará sua consciência. No entanto, porque o segundo ser permanecerá lá, invisível, mas presente, sempre prestes a se confrontar com seu vizinho, amaldiçoá-lo, contradizê-lo, negá-lo em uma querela estridente, todo pensamento será penoso para você, anárquico e caótico até a loucura, ou quase. Às vezes, o hábito humano ritmará em falso seu pensamento de formiga, deixando em pânico a formiga pensante. Outras vezes, seu cérebro de formiga, instrumento de precisão e não uma ferramenta de arar, rangerá sob o peso do pensamento humano, como se alguém exigisse de um bisturi afiado o trabalho de uma enxada.

Ela falava com uma atitude acabrunhada, a cabeça inclinada, os braços caídos, as mãos quase tocando o chão. O sorriso desaparecera de seus lábios. E seus olhos eram duas flores de tristeza.

Mas ela endireitou seu busto. Seu olhar se iluminou. Seus lábios tremularam e, aos poucos, abriram um sorriso corajoso. Seus braços se ergueram. Sua mão livre veio apoiar seu queixo. E ela recomeçou, com uma voz que ainda chorava, mas já encorajava:

— Seja valente. Não recue diante da dor intelectual, essa nobreza. O pensamento é aquele cujos limites são desconhecidos. Mas só é calmo quando se retrai sobre si mesmo, pequeno, fechando-se em sua toca cega. Logo que sai, logo que cede ao instinto de se expandir, de subir mais alto e de descer mais fundo, ele sofre em toda a sua superfície; pois as coisas entram em seu alargamento como espinhos e pregos entrariam em um corpo.

Ela desprezou minha tranquilidade:

— Pobre criança, seu pensamento se desconhece, ainda não tendo se chocado com nenhum outro pensamento.

Ela ergueu sua varinha, esticou-a em direção à minha testa em um movimento solene que, abruptamente, parou.

— Eu esqueci... — murmurou.

Abriu um parêntese irritado:

— Mas também, por que esse ser banal nem sequer pensa nos detalhes práticos?

E ela me injuriou violentamente:

— Imbecil! Se eu te transformasse em uma formiga sem qualquer precaução, todo o formigueiro se jogaria sobre a intrusa, e você pereceria em horríveis suplícios... Você precisa ser uma formiga deste formigueiro aqui.

Eu zombei:

— Em caso de acidente, você me teria ressuscitado.

Não sei se ela ouviu minha observação irônica. Mas a negligenciou para continuar seu pensamento:

— E você tampouco se pergunta — indignou-se, — como seus irmãos homens te receberiam após seu longo desaparecimento, depois de terem compartilhado seus despojos e de seus grupos amontoados terem apagado seu lugar na vida social.

Ela refletiu por um momento. Em seguida:

— Você será durante um ano a formiga que está em minha varinha. E essa formiga, durante o mesmo ano, será o sr. Octave Péditant.

— É isso — disse eu rindo. — Uma simples permuta.

Não disse mais nada. A varinha havia tocado minha cabeça. Eu tinha virado uma formiga.

CAPÍTULO IV

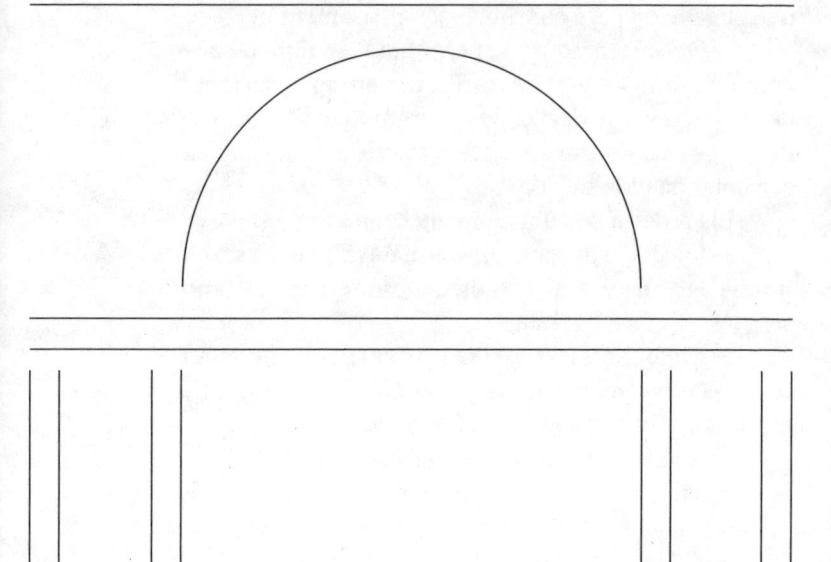

PARECE QUE O ABALO DE UMA TAL METAMORFOSE DEVERIA DEIXAR UMA LEMBRANÇA DURADOURA. NADA DISSO. EU ERA HOMEM UM INSTANTE ATRÁS. AGORA NÃO ERA MAIS. MAS NÃO HOUVE TRANSIÇÃO, nenhuma passagem perceptível, nenhum ponto intermediário no qual a memória pudesse se agarrar. E eu me lembro apenas deste pensamento, ou melhor, deste estupor:

— Olhe só, é verdade, sou uma formiga.

Fiquei muito menos surpreso ao pensar:

— Olhe só, é verdade, ela era uma fada.

Mas aqui está. Outros aturdimentos, ou melhor, outros pânicos, entravam pelos meus olhos, entravam... eu ia dizer: pelas minhas orelhas; mas eu não tinha mais orelhas. Quis fugir, me refugiar sob a terra, no formigueiro, não ver mais, não ouvir todo esse impossível. Em vão corri até a ponta da varinha, tentei cair sobre a roupa da fada, para descer o mais rápido possível para os subterrâneos surdos e cegos onde minha loucura se acalmaria, adormeceria. Uma força invencível me prendia à varinha. A fada queria que, imediatamente, apesar do meu aniquilamento, eu olhasse; que, imediatamente, eu soubesse que o universo do homem não é o único e necessário universo, mas que são nossos olhos que criam nosso mundo. Ela queria que a partir de então esses termos filosóficos "relatividade do conhecimento", que eu pronunciara mil vezes, como todos vocês já o fizeram, fossem para mim algo mais do que palavras.

Eu não tinha pálpebras para me proteger do mundo aterrorizante que, apesar de mim, entrava em mim. E meu olhar, em vez de apenas dizer o que estava à minha frente, gritava confusamente todo o impossível que me cercava.

As leis da linguagem me forçam a detalhar meu estupor, a transformá-lo, para aqueles que me leem, em espantos separados, sucessivos, divertidos talvez. Sua simultaneidade os tornava avassaladores. Não é desagradável beber em pequenos goles, à vontade. O afogado em quem a água entra irresistível por tudo o que nele está aberto sufoca e morre. Eu me espanto de não ter morrido no momento em que, como em um meio irrespirável, fui mergulhado, sufocando, nesse outro universo.

Considerem isto, aliás. Eu não posso lhes dizer a não ser o menos extraordinário, fazê-los beber a não ser o menos asfixiante. Nas impressões de outro animal, tudo o que é verdadeiramente singular, fortemente característico, sem analogia com as sensações do homem, não poderia ser balbuciado por nenhuma palavra humana, nem mesmo ser repensado por meu espírito que voltou a ser exclusivamente humano.

Como balbuciar o que se tornou para mim, naquele minuto de agonia, o universo colorido? Todas as nuances eram novas, sem nome, sem relação com nenhuma lembrança. Para lhes contar algo sobre isso, sou obrigado a suprimir precisamente sua novidade avassaladora, a fornecer desde agora e ao mesmo tempo explicações familiarizantes que tive muito mais tarde, pouco a pouco. Preciso destruir, por meio de análises das quais eu era completamente incapaz naquele momento, a síntese louca que me esmagava por todos os lados como um formidável torno que me envolvia e era feito sob medida. Inumeráveis observações me ensinaram a partir daí: meus olhos de formiga desconheciam duas das cores humanas. Os cabelos negros da fada e suas roupas amarelas formavam uma harmonia agradável para o meu gosto de homem. Agora, as roupas estavam pretas como os cabelos. E esse preto não era nenhum dos pretos conhecidos. Do mesmo preto ainda, mais brilhante e vibrante do que aquilo que se chama de preto, eram as ervas que há pouco estavam de um verde tenro. E a luz branca, da qual faltavam os raios amarelos e os raios verdes e que era iluminada por raios desconhecidos, não era branca para os meus olhos novos.

Existem relações entre as sensações do homem e as sensações da formiga que eu não podia adivinhar, que só conheço por meio de experimentos realizados desde que me tornei humano novamente, com minhas amigas de um ano atrás. Hoje eu sei, como outros entomologistas, que, exceto o verde e o amarelo, todas as cores do espectro humano afetam a retina das formigas. Mas também sei, o que eles mal imaginam, que elas a afetam de maneira completamente diferente da nossa retina. Violeta, anil, azul, laranja e vermelho são cores tanto para a formiga quanto para o homem. Mas a formiga não vê nenhum objeto violeta, nenhum objeto anil, nenhum objeto azul, nenhum objeto laranja, nenhum objeto vermelho. Ao longo do meu relato, talvez eu mencione uma cor pelos nomes conhecidos, por exemplo, dizendo que a formiga-amazona é vermelha. Mas, sob minha pena, a palavra "vermelha" designará as causas comuns de duas sensações irredutíveis, e não a visão inexprimível dos meus olhos de formiga. Além disso, os raios ultravioleta, que o olho humano desconhece, criam inúmeras cores para a formiga que eu não consigo indicar de forma alguma.

A única coisa exprimível é que o universo colorido da formiga é mais variado e provavelmente mais vasto do que o universo colorido do homem. As nuances são nele incontáveis, e quando, para reduzi-las a algumas cores fundamentais, examinei o arco-íris, nunca consegui contar menos de vinte cores. Essa riqueza extrema é dada ao inseto pela parte desconhecida de seu domínio ou é produzida por algum tipo de análise fecundante? Haverá uma dúzia de cores ultravioleta para ele, ou a região azul do espectro, por exemplo, se divide em quatro ou cinco cores? Não tenho meio algum de resolver o problema: sempre ignorarei se, no país das cores, a formiga conhece terras vastas e numerosas onde o olho humano não penetrará, ou se ela considera como reinos extensões que para os homens parecem simples províncias.

Facilmente se percebe que a brusca mudança de proporção dos seres e das coisas deveria pesar sobre mim como um terrível pesadelo. A varinha em que eu me agitava era, aos meus olhos, um enorme tronco de árvore. A fada, cuja esbeltez eu admirava há pouco, tornara-se uma montanha informe. Ela permitiu que eu passeasse sobre sua mão. Uma fina penugem, que meus olhos humanos não haviam percebido, eriçava-se como as altas ervas de um prado, e os poros afundavam, buracos desgraciosos, nas repentinas rugosidades desse grosseiro terreno. Outra montanha estava por perto, e eu pensava: "Este é o meu substituto!". Supus que ele usasse minhas roupas, e estudei sua estranha cor, pensando: "Então é assim que o cinza parece aos olhos de uma formiga!".

Eu sentia inveja do novo Péditant. Certamente ele não sofria tanto quanto eu. Ele não tinha, sem dúvida, além do pensamento humano, a sensação do choque entre dois seres. Ele não era perseguido, como eu, por um desesperado que pensava com órgãos impróprios ao seu pensamento. Ele não era torturado por um espírito transportado para outro cérebro e que, nesse meio de agonia, como um peixe em nosso ar demasiado sutil, agita-se com tremores e convulsões, e que, sempre ofegante, nunca terá nomes para nomear qualquer coisa desse universo informe para ele, inorganizável, refratário ao seu domínio, desse terrível universo visto com os olhos de outrem, com olhos tão diferentes, tão deformadores!

E, além disso — eu tinha essa impressão angustiante, exagerada, mas justa —, o universo que meu substituto começava a conhecer era menos variado do que aquele que eu devia assimilar. A educação desse ser feliz seria relativamente fácil, enquanto a minha me parecia impossível.

Tudo me inquietava.

Eu via, no topo de cada montanha, um abismo terrível que se abria e se fechava. Atrás dos batentes da primeira porta, a entrada da caverna aparecia defendida por duas barreiras sobrepostas, feitas de rochas estranhas, que se afastavam e se aproximavam como que movidas por cataclismos. Após longas reflexões aterrorizadas, percebi que essas fendas móveis eram as bocas dos dois seres e que a fada estava conversando com Péditant. Mas eu estava apavorado por não ouvir nada dessa conversa que, segundo parecia, deveria soar como um trovão articulado. O discreto bate-papo deles ultrapassava —

só entendi isso mais tarde — o que um físico chamaria de *maximum audibile*[6] da formiga. Eu estava surdo a todos os sons perceptíveis pelos humanos, muito altos para mim. E ouvia murmúrios enormes, demasiado fracos para serem captados pelo grosseiro ouvido humano.

Nas veias da mão em que me agitava, o sangue corria com um estrondo de torrente. Quando eu me afastava do tumulto ensurdecedor, quando me refugiava no bastão silencioso, aquela hora do meio-dia, de um abatimento tão calmo para os homens do campo, de repente se enchia de gritos, estalos e tremores.

O suave aroma de tomilho e lavanda que a fada exalava e que era um encanto para meu olfato humano agora era intolerável para mim, como teria sido intolerável, momentos antes, o cheiro de uma cova de carniças.

Eu queria gritar para minha perseguidora:

— Deixe-me, eu vou morrer. Agora que me tornei uma formiga, deixe-me viver minha vida de formiga... Oh, como estou cansada! Preciso dormir. Você não sente que essa vigília em um mundo hostil e desconhecido é uma agonia à qual eu não consigo mais resistir? Piedade! Piedade!

Mas eu não tinha mais órgãos para dizer palavras que ela pudesse ouvir.

Minhas antenas, com as quais eu agora falaria, desde que encontrasse outras antenas, agitavam-se desesperadas. Tive uma inspiração bizarra e, embora me parecesse absolutamente louca, eu a segui. Na relva que era para mim aquela mão, escolhi duas das ervas mais flexíveis e, como se fossem antenas, contei a elas minha aflição e meu desejo. As fadas, sem dúvida, estão em relação com todos os mundos e conhecem todas as línguas. Os dois pelos realmente funcionaram como antenas e me responderam mais ou menos assim:

---

[6] Máximo audível, ou limite audível. Em latim no original. (N.T.)

— Vá, minha pobre amiga.

E a força maléfica que me prendia relaxou, dissipou-se.

Corri, fugindo do universo insano. Com um grande impulso, entrei no formigueiro. Sem olhar para nada, me enfiei em um canto bem escuro, caí e adormeci.

CAPÍTULO V

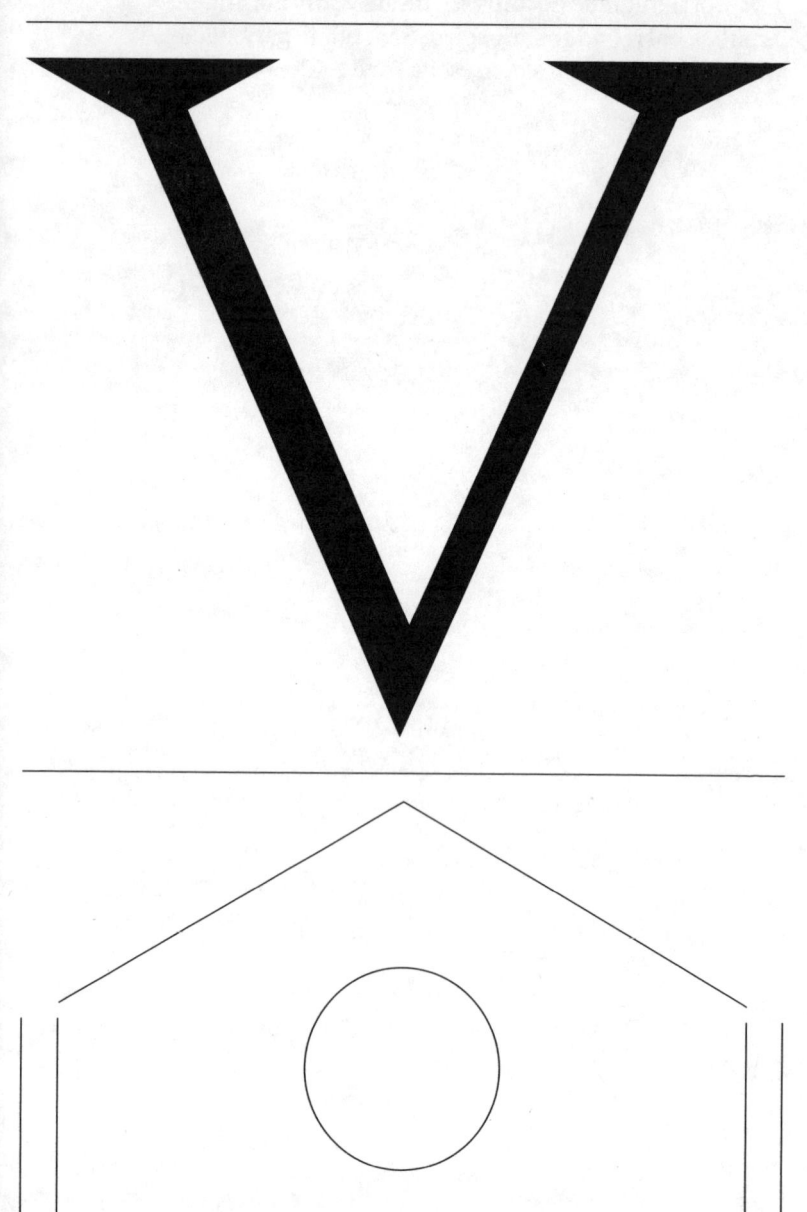

MEU SONO, MUITO LONGO, ATRAVESSOU TODA A TARDE E DEPOIS A NOITE TODA. DEVE TER SIDO INICIALMENTE UM TÚNEL PROFUNDO, SURDO E CEGO COMO A MORTE. MAS DEPOIS VOLTOU À VIDA, e sua opacidade insuficiente, rasgada por luzes de sofrimento, foi penetrada por estranhos clarões de pesadelo.

Recupero um dos sonhos que me perfuraram como lâminas de luz. Eu o recupero porque ele me atormentou muitas vezes durante o ano; porque minha vigília também foi frequentemente ferida pela mesma dor.

Eu me sentia atordoado. Todo o lado esquerdo da minha cabeça parecia estar sob esmagamento. No meio — como se dois seres estivessem brigando nesse ponto, dois escolares hostis um ao outro e que, se escondendo, se empurrassem, se esforçassem para conquistar um pouco de espaço do vizinho — uma tortura tumultuante.

Tentava ver o que se passava em minha cabeça. Logo entendi: eu sofria com a dualidade do meu pensamento. E duas imagens surgiam simultâneas e ferinas. Na plataforma dolorosa do meu cérebro, à direita, uma formiga me parecia graciosa e nobre; meu pensamento à esquerda — tão pesado! tão grosseiro! — era um homem ereto em toda a sua altura, com o olhar distante, e cujos dois pés pesavam sobre metade da minha cabeça, fazendo-me inclinar para esse lado, quase caindo.

As duas imagens, os dois pensamentos, surgiam em plena consciência apenas durante o tempo de um relâmpago. Acredito que teria morrido se essa dilaceração durasse. Logo, os dois inimigos se atenuavam, tornavam-se fantasmas flutuantes, desapareciam. Não restava nenhum vestígio luminoso de sua presença anterior. Nenhuma ameaça precisa de seu próximo retorno. Apenas a dor vaga do meio, o atordoamento de toda a cabeça, o esmagamento do lado esquerdo.

Depois, meus dois algozes reapareciam, não mais como adversários hipócritas que dissimulam sua luta, mas como inimigos briguentos e barulhentos que lutam sem se preocupar com o espectador. O homem, com um movimento do pé que cavava sulcos dolorosos ao longo do meu cérebro, empurrava a formiga, a fazia cair para a direita, onde ela se agarrava desesperada. Depois, por algum tempo, eu pensava como homem, erguendo penosamente arquiteturas trêmulas de lembranças.

Com mais frequência, a formiga insultava o homem. As antenas se dirigiam a dois pelos do artelho, e sua indignação gritava de certa forma. "Vá embora", diziam elas, "pobre criatura que tem apenas sete cores no tesouro de seus olhos!". Mais tarde, quando pude comparar melhor as riquezas de uma mente de formiga com as privações da organização humana, elas acrescentavam, as orgulhosas antenas, muitos outros desprezos a esse primeiro desprezo. Elas diziam sobretudo: "Miserável que tem apenas cinco sentidos, vá esconder sua vergonha na sombria toca com as cinco fendas estreitas!". O homem, humilhado por esses desprezos merecidos, encolhia-se, deixava-se derrubar. Mas sempre, infelizmente!, com seus dedos curvados e suas unhas que rasgam, o anão suspendia sua queda incompleta, permanecia pendurado no meio do precipício íngreme de onde, em breve, se ergueria crescendo, se levantaria para me esmagar com seu peso brutal.

☦

Ao acordar, levei bastante tempo para me reconhecer. Então saí, feliz como uma criança que corre para um belo espetáculo. Meu pensamento humano havia desaparecido. Eu estava na exultação de uma alegria que se forma, do início de uma vida que começa, da curiosidade que vai mergulhar seus jovens órgãos no frescor requintado de um belo universo totalmente novo, ainda não desbotado pela lavagem repetida do hábito.

Que dia feliz foi aquele 12 de abril em que, sem olhar para trás, aceitei minha nova condição, consenti em desfrutar da minha felicidade!

Que variedade de prazeres na gama de todas essas cores desconhecidas e tão ricas! Algumas delas me feriam pela sua violência, aquelas — eu soube mais

II

tarde — que correspondem ao violeta e ao vermelho de vocês. Mas as outras, tão numerosas, tão comumente encontradas na natureza, eram alegrias. Havia nelas uma doçura tão penetrante...

Para uma imodesta violeta cuja cor brutal feria meus olhos como um golpe, quantas margaridas encantadoras, com o coração escuro (o amarelo dos humanos era para mim uma tela sombria e linda, uma seda negra), com pétalas luminosas. Não digo: com pétalas brancas. Pois o branco grosseiro dos homens estava abolido, substituído por um matiz indescritível, um matiz que talvez vocês, cristãos, encontrem em seu paraíso.

E como era adorável a luz da manhã. Se me atingisse como um deslumbramento direto, inundante, ou se chegasse até mim como uma chuva fina de alegria, filtrada pelo verde requintado das folhagens, ela me envolveria com um encantamento tão novo, tão espantado! O encantamento de um cego de nascença que acaba de ser operado e finalmente vê.

Eu via! Eu via!

Eu pagava com algumas perdas minhas admiráveis aquisições. Mas ainda não estava em condições de contá-las. E, além disso, era uma coisa insignificante esse tributo; eu estava, apesar dele, maravilhosamente enriquecido. Eu podia saber disso sem reclamar: no dia em que herdei dois milhões, soube não lamentar as exigências do fisco.

Percebi mais tarde que meu olho, esse receptor de alegrias, era mais fraco do que o olho humano, restringia a visão precisa a um círculo mais estreito, abraçava molemente as formas distantes. Mas, compensação que me encantava, eu via ao mesmo tempo para a frente, para trás, para a direita, para a esquerda e acima de mim. Não conseguia me saciar com o milagre dessa visão tão amplamente panorâmica. Todo o horizonte inundava meus olhos como uma estranha felicidade sintética, e quase ofegava de volúpia ao beber assim, ao mesmo tempo, toda a beleza que me cercava.

E a representação poderosamente inesperada, que meus órgãos originais criavam com os cenários gastos da véspera, era uma ópera. Nessa luz desconhecida e rejuvenescedora, a riqueza das coisas vistas era acompanhada pela riqueza dos sons. A terra, com cada folhinha de relva agitada pela brisa, com cada pedregulho aquecido por um raio de sol, com cada torrão alegre por escapar do inverno, cantava a embriaguez da renovação. E os passos das minhas irmãs, as formigas, o zumbido das asas dos nossos amigos pulgões, o voo das borboletas e dos pássaros, a caminhada de todos os insetos que se revelavam para mim, formavam harmonias de sons ao mesmo tempo que harmonias de cores e harmonias de movimentos. Ah! O maravilhoso balé que era a natureza naquela manhã de 12 de abril.

E os perfumes não eram também ritmos cantantes e dançantes, buquês de ondulações e melodias? Parecia-me vê-los flutuar e acreditava também ouvi-los, aspirá-los como uma música talvez mais penetrante do que a outra. Certamente, eu não conseguia suportar os cheiros amados pelos humanos, cheiros pesados e agressivos como maças. Agora há pouco, inclinada em seu caule como uma garota em sua janela, uma violeta me fez fugir pela brutalidade de seu aroma tanto quanto por sua cor agressiva. Mas os verdadeiros perfumes, os perfumes delicados que os órgãos volumosos dos humanos sempre ignorarão, me embriagavam até a exasperação.

Algumas exalações desconhecidas e não apreciadas pelos homens eram tônicas e refrescantes para mim. Uma coragem me vinha do cheiro de cada uma das minhas companheiras.

Mas a alegria desse dia é, de fato, indescritível. Parece que vivi um sonho de paraíso. Recupero fragmentos inexpressíveis e informes desse sonho. Lembro-me, vagas, das volúpias de meus olhares, das volúpias de meu olfato, de minhas volúpias musicais, porque ainda tenho órgãos capazes de saborear prazeres análogos, certamente bem distantes daqueles que me deram prazer outrora, capazes, porém, surdos ecos de vozes eloquentes, de evocá-los um pouco. Aqui tento, por meio da fraqueza instável das palavras, erguer a Vênus de Milo diante de olhos que só conhecem a Vênus Hotentote[7]. Sinto toda a inutilidade da minha tentativa.

Mas nem mesmo tentaria descrever a beleza feminina à pedra do caminho. E, com tantos sentidos ausentes, vocês, os homens, são fechados como pedras. Que balbucios de êxtase poderiam transmitir a vocês as alegrias sensoriais que não possuem, que não podem imaginar de forma alguma? Ah! Agora que estou reduzido a essa mesma condição, nem mesmo eu posso representá-las para mim próprio. No momento do retorno à vida humana, no momento da *anamorfose*, perdi, ai de mim!, meu rico pensamento de formiga. Minha memória hoje depende dos meus órgãos indigentes. Ela não conseguiu preservar as memórias de órgãos sem equivalentes. Ali, sou pobre como vocês. Apenas tenho arrependimentos inexprimíveis, impossíveis de precisar para a minha mente, arrependimentos terríveis sem memórias, jogados na escuridão dos limbos; arrependimentos de um condenado que não pode, nem mesmo em imaginação, desfrutar por um segundo da arquitetura do céu.

Olho para as minhas mãos nuas e secas. E me desespero, pensando que um tesouro líquido escorreu entre meus dedos e que não consigo recuperar nem uma só gota.

---

7   Alcunha atribuída a Saartjie Baartman (1789-1815), mulher negra raptada de sua terra natal por escravistas europeus. Exibida como "Vênus Hotentote" (termo pejorativo utilizado pelos holandeses para designar as etnias khoikhoi e san) por causa das proporções de suas nádegas, Baartman foi explorada em circos londrinos e parisienses como fenômeno humano bizarro, conforme o padrão racista da época. Morreu na penúria, doente e abandonada nas ruas de Paris. Ryner, por meio do narrador Octave Péditant, usa essa imagem em contraposição à Vênus de Milo, que seria algo sublime. (N.E.)

CAPÍTULO VI

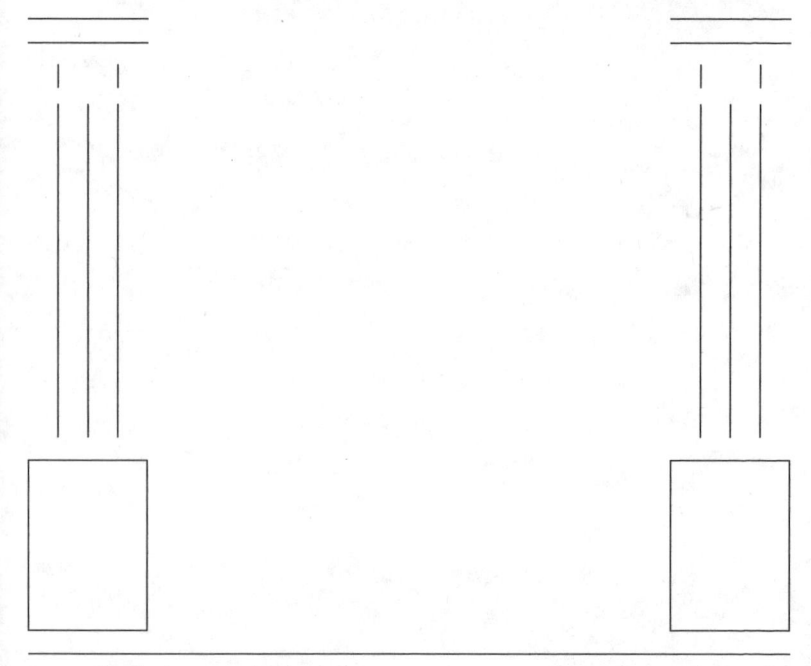

POR MUITO TEMPO, MEU PENSAMENTO HUMANO SE AUSENTOU. APENAS DUAS OU TRÊS VEZES EU O SENTI SUSPENSO NA SOMBRA DO PRECIPÍCIO, TENTANDO, IMPOTENTE, RETORNAR À plataforma luminosa. Um leve toque da formiga que ocupava todo o espaço bastava para resistir ao assédio. E os esforços do velho homem, como unhas de aço que arranhassem um sílex, haviam iluminado minha felicidade com bruscos lampejos de comparação.

Depois de saciar-me com a fresca beleza das coisas, admirava a elegância esbelta de minhas companheiras. A forma alongada do tórax enchia-me de alegria e a súbita contração que precede o abdômen, o adorável pecíolo mais estreito que o pescoço, emocionava-me como outrora uma bela cintura de mulher. No entanto, nenhum desejo maculava minha emoção puramente estética.

Eu não me cansava do maravilhoso equilíbrio do corpo. Olhava com enlevo o círculo da cabeça, por muito tempo tão perfeito, e a maneira suave como a curva se modificava para permitir a nobre e móvel conexão do pescoço. Do outro lado do tórax, depois do pecíolo, pescoço muito elegante, desenhava-se o oval regular do abdômen, contrabalançando a cabeça.

A graça longa e poderosa dos membros, o movimento harmonioso das seis patas, também me provocava uma volúpia que nunca experimentei vendo o mais belo andar feminino. Se Virgílio pudesse ver o que eu via, desprezaria depois disso, como pesados, os passos reveladores de deusas e a ágil corrida de sua Camila.[8]

Eu contemplava especialmente a cabeça: a beleza irradiante e fascinadora dos olhos de cem facetas; a beleza também das antenas, longas hastes sempre agitadas pelo vento do pensamento. O intenso irradiar imóvel tornava os semblantes profundos como poços celestiais. E o movimento contínuo das antenas, ora lento e grave como uma meditação, ora rápido como um gesto de combate, conferia-lhes expressão e eloquência.

---

8   Mulher guerreira, personagem da *Eneida* de Virgílio (70 a.C.-19 a. C.). (N.T.)

Então, fiz um orgulhoso retorno a mim mesma. Depois de ter pensado várias vezes, entusiasmada: "Como elas são lindas!", pensei, radiante: "Como devo ser linda!".

Eu me escondi em um paraíso isolado, no meio da pequena floresta formada por um canteiro de margaridas, e comecei a estudar, gloriosa, o corpo maravilhoso que era o meu.

No côncavo de uma folha, algumas gotas de orvalho se haviam reunido. Inclinei-me sobre aquele espelho e admirei o espetáculo que eu era. Meus olhos, antes de tudo, me seduziram. À primeira vista, pareciam duas calotas esféricas luminosas, como duas convexidades do céu. Mas, ao observá-los atentamente, eles se desdobravam em inúmeros hexágonos, cada um dos quais era um olho completo capaz de ver uma porção do horizonte. Cada uma dessas facetas, para usar a terminologia técnica, era um orifício pelo qual as imagens penetravam até o meu cérebro. Tentei várias vezes, mas inutilmente, contá-los, esses orifícios enriquecedores. Eu sempre me perdia na trama de luz.

Em seguida, diverti-me mexendo minhas antenas, admirando a graça expressiva de seus movimentos, sua flexibilidade, sua rara delicadeza. Elas eram divididas em doze segmentos, todos móveis. O primeiro, diretamente conectado à cabeça, era muito longo. Os outros, muito menores, formavam um cotovelo com ele, parecendo a tira de um chicote vivo, cujo cabo ele seria. Os cientistas deram nomes bastante ridículos às duas grandes divisões desse órgão admirável: a tira viva é chamada de *funículo* por eles, e o cabo sempre em movimento, um *escapo*.

Essas antenas, injuriadas pelos dois nomes grotescos, não eram apenas ornamentos, delicados e oscilantes penachos, mas os mais nobres e úteis órgãos. Elas são o tato curioso e fremente. São o instrumento do olfato. São, enfim, o instrumento da linguagem. Eu as movia não apenas para observar belos movimentos, mas para desfrutar de minha habilidade de falar e expressar meus pensamentos. Vocês pensam com palavras; eu pensava com movimentos de antenas. E, como um meridional que não tem medo de ser surpreendido diz em voz alta as palavras de sua alegria, sua dor ou sua surpresa, minhas antenas tremulavam, como diante de uma confidente, todas as minhas paixões felizes.

Eu também me maravilhava com os dois triângulos de minhas mandíbulas. Eu as fazia mover, abrindo e fechando suas bordas, que a disposição dos dentes tornava semelhantes a duas serras. Eu pensava quão poderosa arma essa pinça devia ser. E eu testava essa incrível ferramenta de trabalho que sabia serrar como uma serra, cortar como uma tesoura, arrancar como uma tenaz, amassar, raspar, alisar, fixar como uma colher de pedreiro, remover detritos como uma pá e, como mãos, agarrar, transportar, rasgar.

Eu também agitava meus lábios longos e móveis, e minha língua tão singularmente elástica, tão rápida em lamber; minha língua que, como a do gato, percorria todo o meu corpo em um afago que limpa e embeleza.

Sob meus lábios, meus palpos se agitavam de maneira coquete, como dedos esguios e muito desiguais. Os dois palpos extremos, os palpos maxilares, eram muito longos e se moviam quase como antenas, enquanto, entre eles, os dois pequenos palpos labiais vibravam mais lentamente. E as alegrias que eu buscava por meio desses quatro sifões não consigo descrever, nem mesmo recordar. Esses órgãos finos escondidos sob a boca são o assento de sentidos desconhecidos para o homem. Lembro, como num sonho vago, que eles muitas vezes me proporcionaram voluptuosidades paradisíacas, às vezes torturas infernais. Ao retornar à terra, não encontro mais nenhum dos prazeres e sofrimentos de um mundo diferente por demais.

Após alguns olhares para minha testa, minhas bochechas e a placa imóvel que cobre a boca e que os estudiosos chamam de *epístoma*, afastei-me do espelho líquido e examinei diretamente meu tórax e meu abdômen. O abdômen tinha uma forma oval muito pura. Ele era composto de cinco anéis encaixados uns nos outros e levemente móveis. A elegância alongada do tórax foi um sorriso de beleza para mim, mas examinei detalhadamente o mistério de minhas patas.

Eu amava minhas garras, tão ágeis para se agarrarem, tão habilidosas em escavar a terra e jogar os detritos para fora, tão fortes para segurar uma presa, tão hábeis em puxar um objeto útil, em afastar um obstáculo. Nas patas dianteiras, estudei o pente arqueado que servia para limpar minhas antenas, alisar meus pelos, fazer a higiene de todo o meu corpo. Mas foram as estranhas e pequenas bolotas de pelos curtos eriçando-se entre as garras que me interessaram especialmente. Graças a elas, eu podia escalar os penhascos mais íngremes e escorregadios. Graças a elas, eu podia, vitoriosa sobre a gravidade, me manter em qualquer posição, caminhar nos tetos assim como nos pisos. Pois de cada um desses incontáveis pelos, quando eu escalava ou quando minhas patas suportavam o meu corpo sobre eles, emergia uma gotícula de óleo cuja atração multiplicada bastava para me sustentar, sem prejudicar a velocidade nem a graça de meu movimento.

CAPÍTULO VII

EU ME JUNTEI ÀS MINHAS COMPANHEIRAS PARA ME ENVOLVER EM SEUS TRABALHOS. ELAS ERAM DE TAMANHOS MUITO DESIGUAIS. ALGUMAS PARECIAM SER GIGANTES EXTRAORDINÁ-RIAS; OUTRAS, inverossímeis anãs. E, entre os dois extremos, havia todos os tamanhos intermediários.

As proporções do corpo, admiráveis nas pequenas e médias, eram menos felizes nas gigantes. Eu não gostava delas por causa da enorme cabeça truncada e cilíndrica, formidável, mas pesadamente armada. Seu andar, mais rápido do que o meu, tinha, no entanto, algum desajeitamento. Elas carregavam suas cabeças como um fardo maldisposto, equilibrando-as no corpo feioso, desproporcional e atrapalhado. Dava vontade de transformar seus palpos em patas para sustentar o peso maldisposto e restaurar um pouco de harmonia e de equilíbrio no corpo desproporcional.

Eu estava inclinada a desprezar, como uma inferioridade, a pequenez, ainda que deliciosamente graciosa, das anãs. E as formigas que tinham aproximadamente o meu tamanho eram as mais agradáveis de se ver.

Eu devia medir entre seis e sete milímetros.

Muitas tinham apenas três milímetros, enquanto algumas formigas com cabeças grandes chegavam a doze milímetros.

Essas diferenças de tamanho não estabeleciam nenhuma hierarquia social, não nos dividiam em castas de comandantes e de obedientes. Cada uma de nós trabalhava do seu jeito, conforme lhe convinha, para o bem de todas. Se uma obra ou um projeto exigisse o esforço conjunto de várias formigas, pedíamos a ajuda fraterna das primeiras que encontrássemos, grandes ou pequenas. No entanto, algumas trabalhavam juntas com muito gosto, claramente ligadas por uma amizade especial. Também havia personalidades mais inteligentes e habilidosas às quais se concedia mais confiança. Mas, independentemente de quem solicitasse, a ajuda era raramente recusada; e quando isso acontecia, sempre se explicava em dois ou três roçares de antenas — por assim dizer, em duas ou três palavras — que não se acreditava no sucesso do empreendimento ou que se estava correndo em direção a um projeto mais valioso.

A maravilha que, entre todas, mais me impressionou foi nossa força muscular. Espantada com os enormes fardos que algumas trabalhadoras encontradas carregavam com facilidade, eu me entreguei a experimentos em mim mesma, a princípio tímidos e trêmulos. Mas aos poucos, com um crescente orgulho, ousei mais. Movi sem esforço um peso vinte vezes maior que o do meu corpo. Até consegui levantar uma pedra que, com certeza, pesava trinta vezes mais que eu. Logo parei esse último esforço, que me cansava e talvez fosse perigoso.

Nesse momento, o lado esquerdo do meu cérebro sofreu uma agressão do meu pensamento humano. Ele conseguiu voltar à consciência, erguendo-se orgulhosamente, por um segundo. Mas eu carreguei aquele homem presunçoso com um peso proporcional ao que eu acabara de levantar. Disse a ele: "Você pesa setenta quilos. Aqui estão vinte quintais[9] sobre seus ombros". Porque eu o carreguei um pouco para trás, ele não se encolheu sobre si mesmo como uma mola esmagada. Caiu para trás, fraco inseto arrastado pela queda de uma rocha.

Uma formiga veio até mim. Suas antenas roçaram nas minhas. Em uma repreensão afetuosa e que, por um uso audacioso da analogia, eu ousaria chamar de uma repreensão sorridente, ela me disse:

— Ei, preguiçosa, venha nos ajudar. Descobrimos uma presa surpreendente, mas difícil de capturar.

Eu a segui com entusiasmo e logo assisti a este espetáculo: uma minhoca enorme tinha saído meio para fora do seu buraco. Uma centena de operárias a agarravam, puxando com um ardor louco e inútil, como homens que tentassem arrancar um velho carvalho levantando-o com as mãos. Ela se contorcia desesperadamente, mas a equipe obstinada se esgotava sem avançar um passo.

---

9   Quintal é uma antiga medida de peso que equivale a quase sessenta quilos. (N.T.)

Eu parei, observando o grande esforço absurdo. Disse à minha companheira:

— É inútil.

— Você está enganada — respondeu ela. — É certo que elas não pegaram de jeito. Mas venha comigo. Vamos desencavar a raiz do monstro.

Começamos a limpar em volta dessa presa obstinada. Algumas camaradas examinaram nossos movimentos, entenderam e vieram nos ajudar. Pouco a pouco, a maioria das trabalhadoras estava conosco, enquanto umas trinta ficavam agarradas à minhoca, impedindo-a de recuar.

Nossas mandíbulas e patas trabalhavam vigorosamente. Grão a grão, o solo era desgastado, o pequeno buraco cilíndrico se alargava em um funil e alguns milímetros a mais da nossa presa eram invadidos.

Ah! O árduo e longo trabalho! Quando o começamos, o sol estava no meio do céu. Ele se punha e a obra não estava concluída. Eu me sentia cansada, impaciente, irritada. Mas nenhuma das minhas amigas desanimava, nenhuma pensava em descansar por um instante. O trabalho deveria ser concluído de uma só vez, sob pena de ser inútil; esse grande interesse as impedia de pensar na fadiga. Eu sentia vergonha da minha menor coragem, e minhas patas e mandíbulas, doloridas por causa do mesmo movimento repetido por demais, continuavam, maquinais, seu trabalho de cavadoras.

Finalmente, foi completamente liberada a raiz do monstro! Restava apenas transportar a enorme captura. Um grande grupo se engancha na frente e puxa; um outro empurra por trás; algumas dirigiam o meio da carga. Eu faço parte de outro bando: sou uma das exploradoras que abrem caminho e afastam os pequenos obstáculos. De vez em quando, eu me viro para ver o trabalho colossal e harmonioso; me entrego a fazer cálculos; penso em homens que carregariam um rolo de cem metros de comprimento e cinco metros de raio.

Tudo estava indo bem. Várias vezes as carregadoras se revezaram e lenta, mas regularmente, a caravana avançava. Deparamos com um tufo de ervas, grande demais, que seria interminável a contornar. A caminhada nessa floresta se tornou extremamente árdua. Ao contato de cada folha e cada haste a minhoca se contorcia. Chegou um momento em que ela ficou presa, com todas as suas sinuosidades, em um emaranhado inextricável.

Então, na impossibilidade de continuar o transporte, houve uma longa agitação hesitante. As formigas raramente se resignam a abandonar um empreendimento e mesmo a persistência delas se obstina por muito tempo antes de desistir dos métodos inicialmente empregados. Quando algumas sugeriram cortar a minhoca ao meio, houve resistências orgulhosas. Vinte vezes, antes de decidir, nos atrelamos novamente à carga muito longa, muito mole e muito flexível; vinte vezes experimentamos a inutilidade desse esforço contra a floresta hostil. A noite estava profunda quando nos resignamos, um pouco humilhadas, a dividir o feixe de dificuldades que não conseguíamos superar.

As duas partes da nossa presa foram armazenadas em uma câmara subterrânea, e eu e minhas amigas finalmente fizemos uma refeição que demorara bastante. Logo o sono veio para reparar as fadigas e acalmar as emoções desse dia feliz e cansativo.

CAPÍTULO VIII

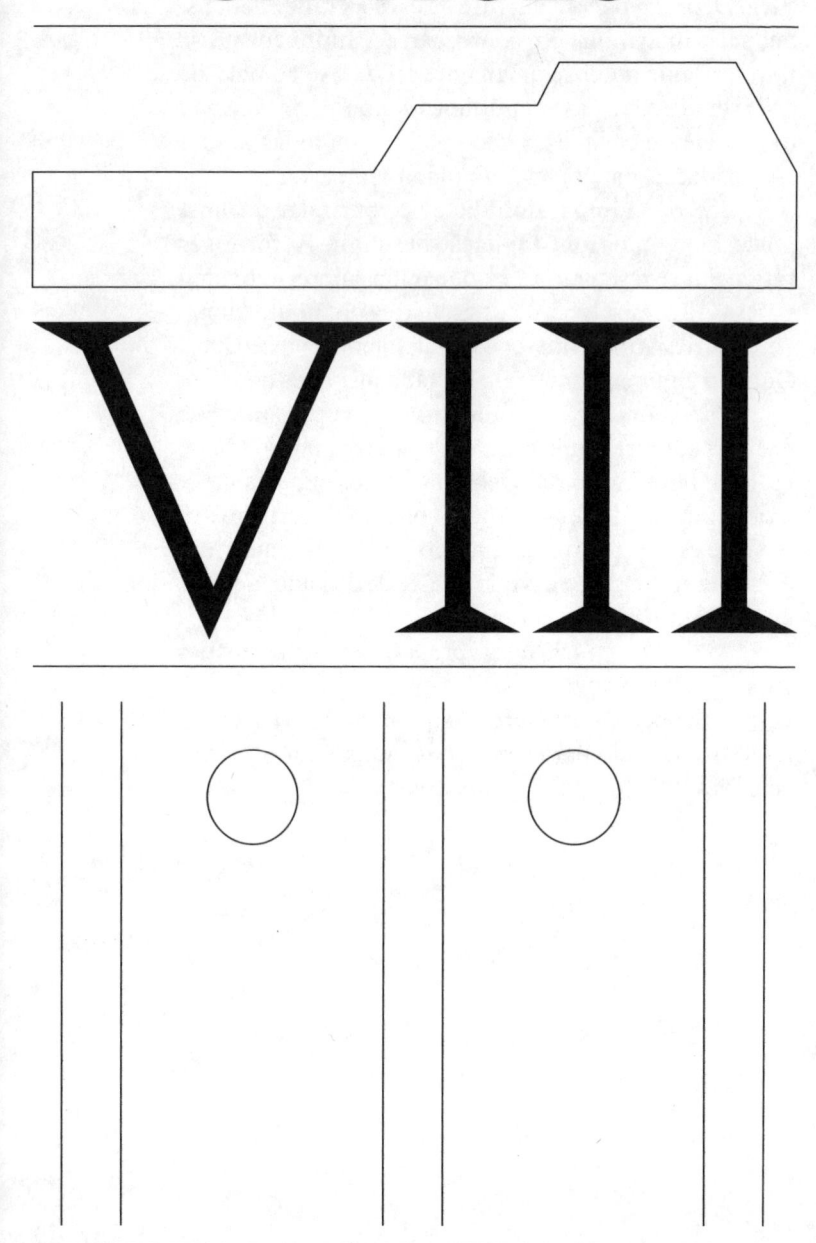

AO LONGO DO CAPÍTULO ANTERIOR, FIQUEI UM POUCO SURPRESO COM MINHA AUDÁCIA NO USO DA ANALOGIA. VINTE VEZES JÁ DEVERIA TER PEDIDO DESCULPAS AOS LEITORES POR TAIS MENTIRAS involuntárias e inevitáveis. Quando tento expressar com palavras humanas os pensamentos e expressões de uma formiga, é evidente que minhas traduções são traições descaradas.

Traduzir exatamente em uma língua humana o que foi pensado e dito em outra língua humana é quase sempre impossível. E, no entanto, que parentesco estreito une palavras expressas pelos mesmos órgãos, pensamentos criados por cérebros semelhantes! Só pode haver, ao contrário, entre cérebros tão diferentes como o do homem e o da formiga, entre linguagens tão diversas como a fala articulada e o movimento das antenas, hostilidade e incompreensão mútua.

Sem dúvida, embora privado dos órgãos indispensáveis, o homem possui vagos rudimentos de linguagem antenal. Ele tem o aperto de mãos; ele tem o beijo. Mas esses toques, demasiado sintéticos, são apenas uma linguagem sentimental, profunda e imprecisa. A verdadeira linguagem antenal, pelo contrário, com os vinte e quatro artigos que podem ser tocados, é um maravilhoso instrumento de análise. Enquanto eu tinha os dois pensamentos, enquanto podia, apesar da constante falta de concordância, tentar a louca comparação, a linguagem da formiga parecia-me mais precisa do que a própria palavra humana.

Outro dia, tive a curiosidade de perguntar ao meu amigo Carissan, um sábio matemático, quantas combinações os vinte e quatro artigos ativos poderiam produzir quando combinados com os vinte e quatro artigos passivos. Após longos cálculos, ele me respondeu com uma fórmula cabalística ou matemática toda mesclada de letras gregas e latinas. Para dar uma ideia do resultado esmagador, ele havia determinado o valor de uma dessas letras, a última, e afirmou que ela representa sozinha o número dois seguido de dezessete zeros. Pensem, por outro lado, na variedade de toques possíveis, golpes ou roçaduras. Pensem que o sentido é diferente se os dois toques são sucessivos ou simultâneos, internos ou externos, se o atrito ocorre no sentido do comprimento ou da altura. Pensem nos diferentes graus de força e duração. E começarão a suspeitar da incomparável riqueza da linguagem antenal.

Mas os pontos que uma formiga deseja esclarecer são raramente detalhes que um homem notaria. O mesmo objeto ou o mesmo fato, analisado segundo os dois métodos, produz dois objetos ou dois fatos mil vezes mais diferentes do que sua vigília mais razoável e seu sonho mais insano. Os elementos alcançados por um método são de uma ordem diferente daqueles alcançados pelo outro método. Ora, cada objeto é um microcosmo que reflete o universo inteiro; cada fato, por suas causas e efeitos, contém a história dos mundos.

Tentem alimentar o carneiro com carne e o leão com capim, mas não tentem introduzir um pensamento de formiga em uma mente humana. Minhas comparações para expressar essa impossibilidade são anêmicas; o carneiro pode ver a carne, o leão pode ver o capim; o pensamento da formiga não existe para o seu cérebro do mesmo modo que os raios ultravioleta não existem para os seus olhos.

Eu sei disso muito bem. Sofri muitas vezes com esses dois pensamentos que se disputavam sem se entenderem, em um perpétuo e irreparável quiproquó: aqui gritando como a surdez, ali gesticulando como o delírio. Eu sofria com a impossibilidade de comparar, com a impossibilidade de trazê-lo para a unidade. O estrondo de uma locomotiva em movimento e a prece de Santa Teresa são mais semelhantes do que os dois pensamentos dilacerantes que eu carregava em mim.

Suponhamos, no entanto — ai de mim!, acredito de fato que não compreendo o que vou dizer, acredito que vou escrever palavras vazias de sentido —, suponhamos que Deus possa conduzir um pensamento humano e um pensamento de formiga à unidade. Mesmo assim, ele não poderia, na expressão, reproduzir o milagre dessa unidade; ele não poderia encontrar um movimento de antenas que correspondesse exatamente a uma palavra.

A linguagem gestual, enquanto permanecer natural e espontânea, é, em sua pobreza, o que mais se assemelha à rica linguagem antenal. Busque traduzir o significado de um gesto natural em palavras. Várias versões serão possíveis. Portanto, nenhuma delas é absoluta.

A linguagem dos surdos-mudos[10] é facilmente traduzida em palavras, porque é um artifício que gesticula a fala decomposta em letras; a fala escrita no ar é como uma missiva escrita no papel. É, apesar da aparência inicial, uma análise vocal. Não é uma tradução espontânea do pensamento.

A tradução espontânea de um pensamento é a expressão necessária desse pensamento. É o próprio pensamento, o pensamento em movimento. O pensamento antenal nunca será expresso pelo pensamento vocal, nem o pensamento vocal pelo pensamento antenal. E as palavras das formigas que relatei ou que relatarei devem ser consideradas como os símbolos grosseiros de uma realidade inexprimível para nós.

A formiga que me levou a desenterrar a minhoca estava prestes a se tornar minha melhor amiga. Voltando ao ninho após o trabalho difícil em que ela mostrara tanta inteligência, decisão e atividade, senti-me atraída por aquele ser superior e, timidamente, perguntei-lhe seu nome. Vocês entendem, claro, que não posso repetir seu verdadeiro nome, que não posso mais dizê-lo a mim mesmo, que não posso pensá-lo agora que não tenho mais antenas. Não é completamente ao acaso que a nomearei. Eu darei a ela o nome que meu pensamento

---

10 Conforme o original, *sourd-muet*. Hoje se considera a expressão inadequada, pois ela pressupõe que a mudez decorra da surdez, ao passo que se trata de duas deficiências distintas. (N.E.)

humano já lhe atribuía no formigueiro. Eu a chamarei de Aristóteles.

Por quê?

"Aristóteles" é uma palavra humana, um pensamento vocal, que a imagem antenal da minha amiga evocava regularmente no ser duplo e monstruoso que era meu espírito. O verdadeiro nome era composto de cinco toques. O último, mais fraco que os outros, tinha uma vaga analogia com as sílabas mudas. A grande sabedoria da minha amiga, sua conversa alimentada por fatos e sempre penetrante e sempre — sim, essa palavra balbucia uma longínqua verdade — sempre generalizadora, também me incitava a pensar no grande filósofo. Cada vez que meu pensamento de formiga, meu pensamento da direita, estremecia com os quatro toques fortes e o toque fraco, meu pensamento esquerdo pronunciava as quatro sílabas sonoras e uma sílaba fraca: Aristóteles. E imediatamente me via como um homem, porque esse nome aplicado a uma formiga me fazia rir, e a formiga não pode rir.

Ao contar meu primeiro encontro com a formiga Aristóteles, eu disse que ela me dirigiu uma repreensão afetuosa e como que "sorridente". Gostaria de explicar o que foi aqui o equivalente a um sorriso fraterno.

O homem tem várias linguagens. Ele tem a fala, linguagem analítica, linguagem prática, linguagem do pensamento; a fala que expressa tudo o que ele tem como consciência precisa. E ele tem o sorriso, a postura, o gesto, o aperto de mão, o beijo; ele tem os movimentos e os toques que expressam espontaneidades e mistérios, o profundo e o não analisável.

A formiga também tem — ao lado da linguagem antenal e analítica que expressa a mente — meios de gaguejar sua alma. Suas antenas podem, como nossa fala, dizer: "Eu te amo". Mas suas simpatias se expressam de maneira menos voluntária e mais espontânea por meio de suaves estridulações, em comparação com as quais o canto do grilo ou da cigarra é um rufar de tambor tão grosseiro e ensurdecedor que a formiga não o ouve. Foi por meio de uma nota dessa língua falada, ou melhor, musical, que a formiga Aristóteles havia corrigido o que sua repreensão poderia ter de ofensivo, me havia "sorrido", transformado em carícias os toques um pouco rudes de suas antenas.

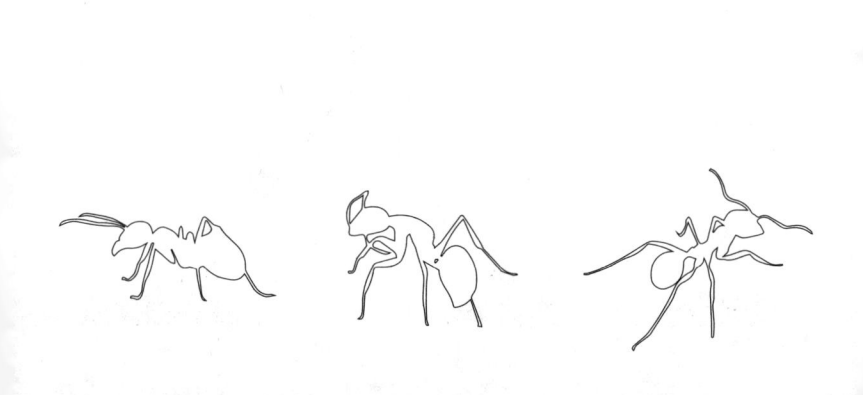

CAPÍTULO IX

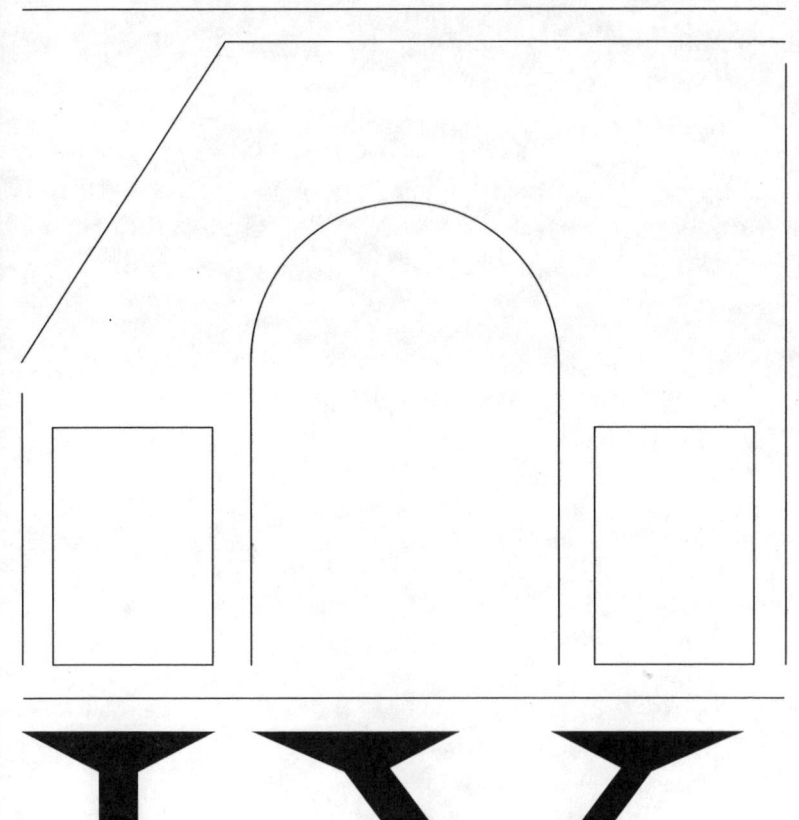

O CANSAÇO RUIM DO DIA 11 DE ABRIL, CAUSADO POR FENÔMENOS MIRACULOSOS E ASSUSTADORES, FOI SEGUIDO POR UM SONO LONGO, AGITADO, LEVADO POR VERTIGENS SOBRE NUVENS DE PESADELO QUE EM BREVE vão se entreabrir, se dissolver e me deixar cair. O cansaço sadio de 12 de abril, cansaço natural da alegria e do trabalho, me proporcionou um bom sono sem sonhos que, em poucas horas, restaurou minhas forças. Acordei, feliz com uma felicidade sem febre e sem surpresa.

Na galeria superior, encontrei Aristóteles, acordada entre as primeiras. Ela me deu um bom-dia amigável. E eis que fiquei triste ao devolver seu carinho antenal. Meu pensamento de homem acordava também. E ele exigia aquela alegria desconhecida pelas formigas operárias, aquela satisfação de uma necessidade que elas não têm: um amor. O horrível homem esmagador estava pisoteando meu cérebro esquerdo. E dizia: "Aristóteles não é uma fêmea, e você não é mais um macho. Vocês são dois neutros que desconhecerão o beijo, que desconhecerão as doçuras familiares. Aqui começa entre vocês — seres indigentes! — uma dessas pobres amizades particulares com as quais duas freiras impotentes tentam se consolar e das quais a comunidade tem a estupidez de sentir ciúmes".

Eu quis afastar o insolente. Repliquei: "Você ousa se vangloriar, como se fosse uma rara felicidade, da infame necessidade que trouxe a você, em troca de alguns miseráveis prazeres físicos, tantos sofrimentos morais!". E, com um orgulho revoltado, minhas antenas gesticulavam os nomes dos sentidos que ele não tinha; os nomes das poderosas alegrias que ele sempre ignoraria.

Ele não entendia e repetia para mim, surdo e obstinado: "Você perdeu o amor! Você perdeu o amor!". Ele até se permitiu um grosseiro insulto histórico e, depois de me chamar várias vezes com desprezo de "macho transformado em neutro", ele finalmente gritou para mim — no momento em que consegui derrubá-lo, fazê-lo descer de minha consciência — "Abelardo!".[11]

---

11 Pedro Abelardo, filósofo francês do século XI que foi castrado por causa de seu trágico romance com Heloísa de Argenteuil, que ele narra em seu livro *História das minhas calamidades*. (N.T.)

E, como hoje expressaria minha tristeza com um sorriso pesaroso, ou com um gesto cansado dos braços que caem, ou com um desses movimentos de cabeça que parecem negar qualquer felicidade, eis que minha tristeza arrancou de mim um longo estrídulo angustiado, como o interminável e dilacerante soluço de um violino.

Aristóteles me olhou, surpresa, fez uma música consoladora, inicialmente suave e baixa como uma canção de ninar, mas que aos poucos se elevou à bravura. E suas antenas perguntaram:

— O que há com você? Nunca uma formiga chorou uma nota tão comovente...

Eu a senti tão amigável, tão maternal, que a quis como confidente. Eu emitia melodias de confiança e entrega. Foi como se, homem, eu tivesse apoiado minha cabeça pesada demais em um coração seguro.

E minhas antenas tentaram contar:

— Há dois dias, eu era um homem. Um poder sobrenatural me transformou em uma formiga. Mas meu antigo pensamento retorna frequentemente, cruel como um inimigo expulso da cidade e que, eternamente, sem nunca se cansar, abre novas brechas e reinicia o ataque. Agora mesmo, ele me fez lamentar por não ser macho e por você, a quem eu amo, não ser fêmea... Diga, querida, por que não temos asas para nos amarmos no azul?

Ela me olhou como se olha para um louco. E disse, com uma música de espanto e compaixão que talvez possa ser traduzida por alguns movimentos de cabeça humanos:

— Você sonhou que era um homem... Tive muitos pesadelos na minha vida; nunca tive um pesadelo tão feio.

Depois de uma pausa, suas antenas retomaram:

— Mas o que mais você disse?... Vi muitas formigas que respiraram ou beberam a embriaguez: nunca antenas embriagadas foram tão embriagadas como as suas.

Ela acrescentou:

— Volte a si. Tenha vergonha dos desejos inferiores que sucederam ao seu mau sonho. Acorde completamente.

Ela voltou a ser muito amigável e, como uma irmã humana que beijaria repetidamente meu rosto triste, estridulou algumas notas indulgentes e ternas que pareciam dizer:

— Eu lhe perdoo a sua loucura de um instante e a amo tanto quanto antes de suas palavras absurdas.

Aprendi nessa hora cruel e doce que toda confidência profunda é impossível e que, se não queremos parecer loucos aos olhos dos seres amados e ver as maiores afeições se degradarem em piedades, não devemos tentar balbuciar a realidade de nossa alma.

CAPÍTULO X

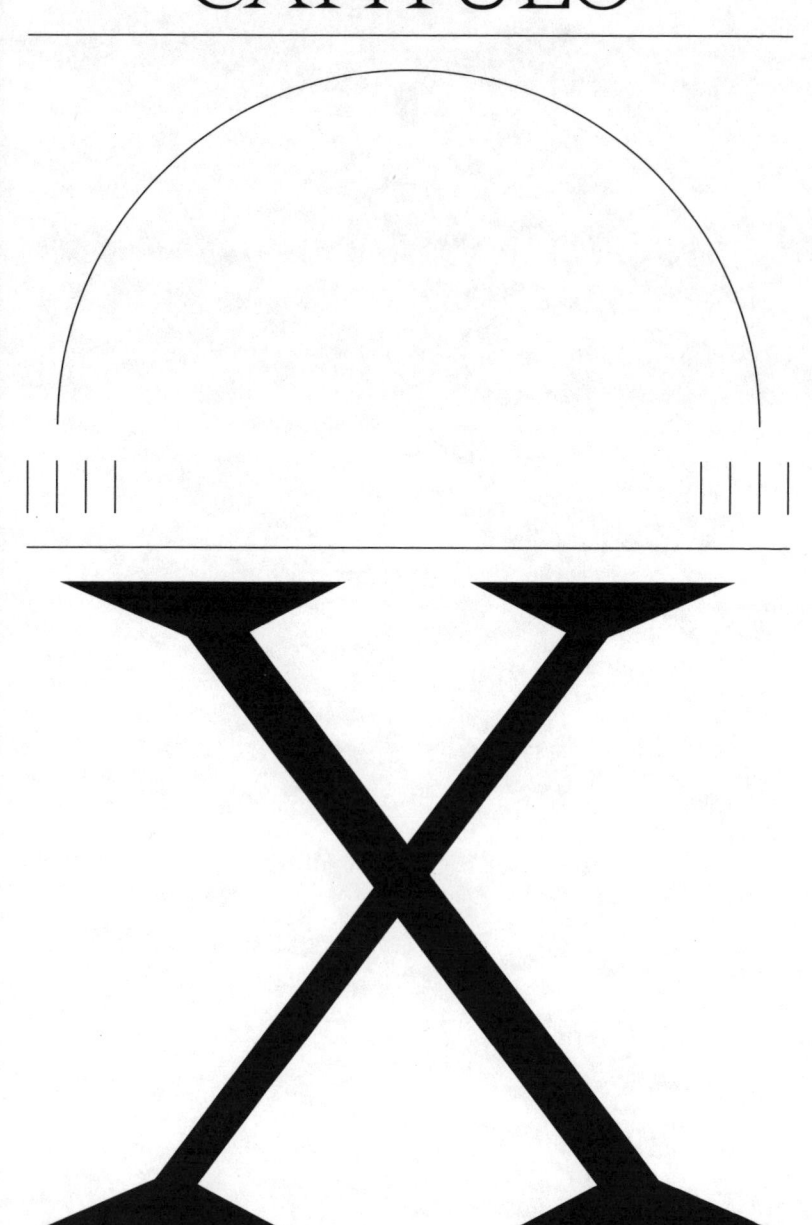

ENTRE TODAS AS HORAS TRISTES, VOU CONTAR AS MAIS TRISTES QUE CONHEÇO. ACABAMOS DE OBTER DE UM SER AMADO E AMANTE TUDO O QUE ELE PODE NOS DAR. AMBOS TENTARAM PELOS MEIOS MAIS PODEROSOS

— pela palavra e pelo silêncio, pelo beijo e pelo olhar, se forem humanos — unir-se, penetrar-se mutuamente, amalgamar-se, fundir-se em um só. Eles experimentaram primeiro intensas alegrias, prazeres aparentemente sem limites. Mas esses ambiciosos quiseram ir mais longe, sempre mais longe na felicidade; e agora eles ultrapassaram a região da felicidade.

Não choram como numa tristeza banal. Seus olhos de condenados estão secos e queimados. Eles sorriem e proclamam que desfrutam de toda a alegria. Mas sabem bem que estão no pior inferno, no inferno superior que faz nos paraísos sua coroa de luz e de onde não se consegue descer. E, no núcleo doloroso deste sol cujos raios um pouco mais distantes trazem alegria, cismam: sim, dizem as duas almas miseráveis, nossos lábios podem permanecer unidos por muito tempo, muito tempo, em um único beijo. Mas chegará o momento, inevitável, em que se separarão. — Nossas mãos podem permanecer unidas por horas talvez. Mas o cansaço ou a urgência de um gesto banal para a vida as separará por fim. — Podemos repetir palavras de amor e, embora tenham sido veículos para tantas banalidades e superficialidades, achamos que, por um tempo, elas são doces. Mas uma onda mais alta da tempestade de amor nos elevará acima do exprimível e nos irritaremos com a impotência das palavras. — Olhamos nos nossos olhos o reflexo de nossos pensamentos. Sentimos que eles caminham juntos no mesmo caminho. Mas eis que os olhos de um de nós, com um piscar de pálpebras ou um desvio de olhar, se esquivam. Estávamos em uma encruzilhada do sonho. Agora cada um segue seu próprio caminho, perdido, extraviado, e mentimos, sabemos disso, ao afirmar nossa concordância e que nossa jornada continua inseparável. — Ah! Todos os nossos esforços para nos unirmos se chocam, feridos, contra a parede metafísica que faz com que dois seres sejam dois; que duas consciências, como dois átomos, sejam impenetráveis uma à outra.

Ah! A distância é sempre tão infinita, pois inesgotável, quer estejamos a mil léguas de distância e sejamos inimigos, quer nossas carnes e seres acreditem penetrar-se de amor: o mesmo ponto indivisível do espaço não pode ser ocupado ao mesmo tempo por dois corpos; o mesmo ponto indivisível do pensamento, por dois espíritos; nem o mesmo ponto indivisível do sonho ou da aspiração, por duas almas. Ah! As aproximações são apenas aparências e as vitórias sobre a distância moral levam à angústia verdadeira. Ei-la aqui, a angústia de se sentir eternamente, irreparavelmente, dois. A afirmação de nossa unidade foi uma hipérbole, benéfica na jornada, sem virtude agora que chegamos ao fim e que, ai de nós, o sabemos. Choremos nossos sonhos místicos. Eu não serei você, você não será eu: foi em vão que nos encontramos...

Essa angústia, homens, é concedida a vocês apenas pelo amor, porque, em vocês, o amor é o grande esforço contra o isolamento invencível, o esforço que melhor lhes promete a vitória e que, de uma esperança mais elevada, os fez cair mais pesadamente na decepção inevitável. O ser grosseiro e material que eu era antes da metamorfose ignorava essas quedas, pois não tinha asas para voar em direção ao impossível. Agora, os esboços de sofrimento me refinaram, me prepararam para a Dor, e eu aspirava ao amor. O amor me era proibido. Mas nos infligimos dores como podemos, e a amizade sabe criar a tempestade irrespirável ao redor daqueles que não podem subir mais alto. A grande dor é sempre nossa solidão constatada como irreparável, e Aristóteles, censurando meus desejos como fraquezas, me isolou em meu eu incompreendido e incompreensível — na ilha inacessível do meu eu, definitivamente inabordável a todos. Fomos criados por um Defoe que jamais se comove: a nenhum dos Robinsons que chamamos de nossas almas ele concede um Sexta-feira.

Nessas horas profundas, sentimos a necessidade de descermos desesperadamente e nos sentarmos no fundo de nosso sofrimento, como que asperamente satisfeitos por senti-lo tão completo, tão distante das vulgaridades da vida. As verdadeiras dores não admitem distrações, querem se devorar a si mesmas; abandonei minha amiga com algum pretexto. Retirei-me para a galeria inferior, para o ponto mais solitário, e, imóvel, entreguei-me completamente à minha tortura, virando-a e revirando-a em mim mesma para desfrutar todo o mal que ela podia me causar.

Quanto tempo durou minha "tristeza até a morte"? Não sei. A angústia metafísica suprime o tempo.

O primeiro remédio que alivia um pouco a superfície dessa dor é o orgulho, o orgulho de ter penetrado em sofrimentos inacessíveis ao vulgo. Depois, com o passar do tempo, o pensamento repetido demais perde sua precisão; as facas indecisas não cortam mais, mas se dobram, fantasmas, flutuam, dispersam-se, formam uma bruma de melancolia. E essas horas têm sua doçura lentamente embaladora.

Terminamos por ceder, com uma indulgência indiferente, à necessidade de voltar para a nossa vida. E pouco a pouco — oh, não, certamente, não nos importamos com os resultados: quando se carrega em si uma tal mistura de inferno e de paraíso, como ainda se poderia ser afetado pelas coisas da terra? —, mesmo assim a superfície da nossa alma se interessa, curiosa e sorridente, pelo espetáculo.

Minha melancolia feroz me afastou dos trabalhos externos. Por muito tempo vagueei ao acaso, parando sem saber por quê, retomando sem razão minha caminhada. Mas aos poucos minha inação se tornou observadora e acabei estudando, às vezes com meus olhos, quase sempre com meu olfato e o toque de minhas antenas, o labirinto que era minha nova pátria.

CAPÍTULO XI

A CIDADE SUBTERRÂNEA ERA COMPOSTA DE VINTE E DOIS ANDARES DE RUAS. ENTRAVA-SE POR UMA CRATERA FORMADA POR PARCELAS DE TERRA SOBREPOSTAS, MURO DESABANDO E FRÁGIL, excelente muralha contra os ataques externos, mas sempre em reparos. Ele também nos protegia contra as chuvas, os lagos efêmeros e as correntezas repentinas que elas criam. Dava acesso a um longo e estreito corredor oblíquo, muito fácil de defender.

Nas horas de perigo, um soldado era designado para guardar essa galeria, um dos nossos gigantes de doze milímetros. Sua enorme cabeça cilíndrica e abruptamente truncada servia como uma porta. Era uma rolha que se ajustava perfeitamente ao gargalo. Aguilhões e ganchos escorregavam em sua lisura dura. Às vezes, em um momento oportuno, a rolha se movia, avançava em direção à cratera; mandíbulas formidáveis se abriam, entravam na cabeça de um invasor. Em seguida, rapidamente, sem sequer tentar abrir suas mandíbulas novamente, o soldado recuava um pouco de sua posição inicial e, diante de sua presença obstinada, a imobilidade da morte se tornava uma primeira defesa. Mas não tenho intenção de descrever neste capítulo cenas de guerra às quais só assisti mais tarde.

A cratera e a longa entrada oblíqua permitem a chegada de pouca luz às galerias e salas do primeiro andar, cada vez menos luz nos andares seguintes, nenhuma luz nos andares inferiores. O olfato, muito desenvolvido, nos diz o lugar em que estamos. Além disso, possuímos esse precioso sentido de direção que parece também fazer parte do tesouro intelectual de certos pássaros. Meu sentido de direção, perfeito enquanto caminhava com as mandíbulas vazias, falhava às vezes quando eu estava carregada. Não consigo encontrar a causa dessa falha: seria necessário uma análise precisa de um sentido que não possuo mais, cujos detalhes não consigo mais conceber, que só posso definir de fora, por seu resultado geral.

Meu olfato surpreso me alertava para um erro: nos casos graves, eu deixava minha carga por um instante e imediatamente sabia; na maioria das vezes, o toque rápido de minhas antenas era suficiente, me informava o ponto exato em que eu estava e as novas mudanças ocorridas na construção.

Os vinte e dois andares se assemelhavam. As galerias horizontais se superpunham em quase todo o seu percurso. No entanto, elas não eram retas. Em alguns pontos, mais frequentemente nas extremidades, suas curvas se aproximavam e terminavam por se encontrar. Um pequeno número de galerias verticais, dispostas irregularmente, mas quase todas em direção ao centro do ninho, também as faziam se comunicar. De tempos em tempos, pilares sustentavam as abóbadas e, às vezes, longas paredes dividiam a galeria. Em outros lugares, a rua se alargava em imensa praça, ou melhor, o corredor desembocava em um amplo salão. Esses grandes salões frequentemente ocupavam o ponto de interseção das galerias. Suas abóbadas eram sustentadas, dependendo do caso, por colunas, por paredes finas ou por robustos arcobotantes. Às vezes, um corredor mal começado terminava abruptamente, fechado em um beco sem saída, sendo apenas uma retirada.

Os andares inferiores estavam desocupados. Eu passeava por lá em uma solidão absoluta. Parecia uma cidade abandonada. Só se retira ali em dias de calor intenso ou se a parte superior do formigueiro for inundada. Normalmente, fica-se no primeiro andar. Durante o dia, aliás, quando faz bom tempo, quase todo mundo está lá fora, caçando, colhendo, recolhendo, trabalhando nas estradas, ou mesmo brincando e desfrutando das coisas.

Certos compartimentos estavam cheios de trigo. Meu olfato e minhas antenas me informaram que esses celeiros diferiam das salas de habitação. Suas paredes eram mais lisas, mais cimentadas, mais bem protegidas contra a umidade que poderia arruinar nossos suprimentos. Às vezes, eu encontrava algumas operárias que compactavam as paredes novamente. Pois a completa secura necessária para manter os grãos intactos, sem iniciar a germinação, só é preservada por cuidados contínuos e trabalhos constantemente renovados.

Em uma caixa de grãos, um leve começo de umidade incomodou meu olfato; meu instinto superou minha tristeza e a convexidade de minhas mandíbulas bateu corajosamente nas paredes, até que tudo me parecesse em ordem.

No entanto, alguns grãos estavam em uma caixa úmida e deveriam permanecer úmidos. Esse trigo estava destinado a ser consumido em breve. As mandíbulas das formigas, poderosas e engenhosas ferramentas de trabalho, não são adequadas para mastigar. Não podemos nos alimentar de alimentos totalmente sólidos, gostamos principalmente de lamber líquidos. O trigo, portanto, antes de ser usado em nossas refeições, precisava passar por um início de germinação, amolecer, e seu amido se transformar em um delicioso açúcar fluido.

CAPÍTULO XII

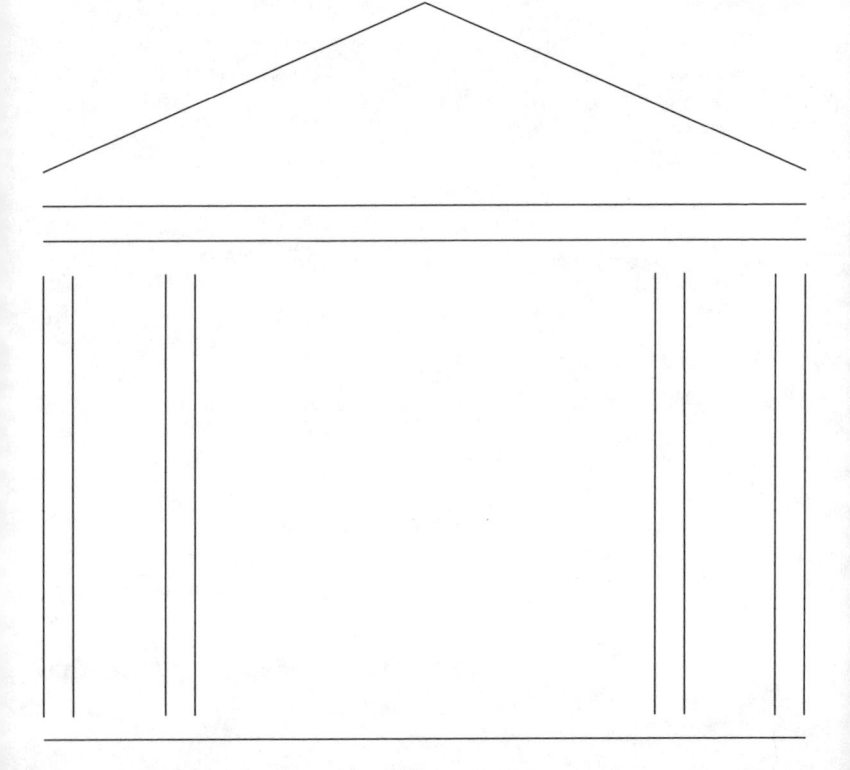

EU SUBI ATÉ
A LUZ.
NO ANDAR DE
CIMA, TIVE UM
ENCONTRO
CURIOSO.
UMA FORMIGA
ENORME,
AINDA MAIOR
DO QUE OS MAIS
GIGANTESCOS
SOLDADOS
QUE TEMOS,
CAMINHAVA
LENTAMENTE,

seguida de perto por algumas operárias. Aproximei-me do monstro e observei-o com atenção. A cabeça, pequena, tinha elegância e ostentava atrás um adorno encantador, três pérolas como que marcando, pela sua limpidez, os picos de um triângulo. Mas o tórax, de forma demasiado redonda, era desonrado entre os dois primeiros pares de patas pela incompreensível pobreza de quatro toquinhos. E o abdômen, gordo demais, conferia-lhe um jeito pesado, desastrado, repugnantemente arrastado e grotesco.

Absorto em examinar essas estranhezas, não percebi que cruzava o caminho da minha amiga Aristóteles. Mas ela me viu, parou-me. E as suas antenas me disseram, enquanto todo o seu corpo se revoltava com nojo:

— É isto que você teria desejado que eu fosse!

Nesse exato momento, o monstro, sem interromper a sua marcha, deixou cair atrás de si uma longa semente de um branco quase opaco (sou obrigado a denominar a cor humana que corresponde à nuance que os meus olhos de formiga viram, sem nome para vocês). Uma operária apressou-se, recolheu cuidadosamente a semente esbranquiçada e desapareceu com o bizarro tesouro.

Perguntei a Aristóteles:

— O que é isso?

Ela olhou-me com espanto. E disse:

— Então seus pesadelos mataram sua memória! Este monstro é uma fêmea, e o tesouro que uma das nossas irmãs levou é um ovo.

Ela prosseguiu, indulgente:

— Você é tão jovem, aliás, e tão distraída que suas ignorâncias não devem me surpreender.

As antenas se enterneceram como uma voz materna.

— Não sei por que — continuou Aristóteles — sempre gostei de você; não sei por que tive por você cuidados especiais e emocionados quando você era uma pobre larva trêmula, quando era uma ninfa adormecida atravessando essa espécie de morte que antecede o nascimento completo. No dia em que você foi liberada do seu casulo, fui eu que a tirei suavemente da prisão onde seus membros não podiam se desdobrar. Fui eu que rasguei a última película acetinada que a envolvia. Fui eu que, com um cuidado delicado, libertei as suas antenas e desenrolei os seus palpos e as suas patas. Fui eu que libertei o seu abdômen da sua capa e descobri a rara beleza do seu pecíolo. A sua primeira comida veio do meu papo. Ensinei a você os toques que expressam os nossos pensamentos e os sons que cantam as nossas emoções. Eu vigiava os primeiros passos hesitantes que você dava e ensinava às suas antenas tateantes os caminhos e os labirintos de nossa cidade.

Suas antenas se detiveram por um momento, como se esmagadas sob um fardo de emoções. Depois, retomaram, carinhosas a princípio, mas logo tristes e quase indignadas:

— Certamente você se lembra desses últimos cuidados, minha querida filha. Até agora, eu sempre a vi agradecida e digna do meu amor. No entanto, não sei que loucura se apoderou de você. Ontem, fiquei surpresa ao ouvir você perguntar o meu nome. Esta manhã, você foi afetuosa e encantadora no começo. Mas agora vejo que, por alguma aberração, por alguma perversidade sem igual, seu amor se transformou em um vil desejo sensual que, felizmente, não pode ter nenhuma realização. Agora vejo você delirando de forma ignóbil como um macho, e você, nobre operária sem asas, foi atingida pela loucura das asas.

Suas repreensões maternas duraram muito tempo. Percebi o quanto havia ofendido essa amiga preciosa. Eu me desculpei. Confessei que nos últimos dois dias, de fato, eu não me reconhecia mais. Um abalo, uma doença, não sei o quê, havia me perturbado com aspirações absurdas e me privado de toda a memória. Tinha dificuldade em me localizar em nosso formigueiro. Minhas irmãs eram todas desconhecidas aos meus olhos alterados e eu havia esquecido até mesmo o meu nome.

Aristóteles me olhou com pena. Suas antenas agitaram o ar em um monólogo. Mas meus olhos seguiam seus movimentos e eu lia conforme elas diziam. Elas diziam:

— Existem doenças muito estranhas.

Eu supliquei:

— Apelo ao seu afeto, que é o meu único tesouro. Um estranho mal envolveu minha mente com um casulo cego e paralisante, como quando eu dormia meu corpo de ninfa. Aristóteles, liberte minha mente do casulo de ignorância que, por algum mistério, se reformou e ensine-me a vida uma segunda vez.

O movimento de suas antenas foi uma exclamação:

— Já vi muitas coisas extraordinárias — diziam elas. — Mas o mal que a atinge é mais extraordinário do que tudo o que já vi.

Depois, em um repentino recuo de desconfiança, elas tremularam com estas palavras:

— Você não está zombando de mim, está?

Eu emiti um estrídulo doloroso, que provava minha completa boa-fé. E, ao mesmo tempo, minhas antenas a repreendiam:

— Oh! Querida...

Ela foi persuadida.

— Venha — disse ela.

Ela me conduziu a um compartimento onde muitos grãos esbranquiçados, semelhantes à semente que a fêmea deixara cair e que a operária recolhera, estavam dispostos em ordem. Os ovos próximos à entrada eram do mesmo tamanho que aquele que eu havia visto ser posto; à medida que avançávamos, encontrávamos ovos maiores, e a dimensão dos mais distantes era aproximadamente o dobro daquela dos primeiros. Além disso, a extremidade superior havia se curvado e toda a sua massa se tornara transparente. Operárias cuidavam dos ovos; suas línguas os viravam e reviravam, umedecendo-os continuamente. Aristóteles explicou que elas os alimentavam. Os líquidos espalhados sobre a fina casca eram sucos nutritivos que penetravam no interior e permitiam que o ovo se desenvolvesse.

Enquanto estávamos ali, o ovo maior se abriu e uma larva apareceu, grotesca e minúscula.

Aristóteles tomou esse novo ser e o transportou. Eu a segui. Chegamos a uma divisória vizinha onde dormiam muitas larvas, todas muito pequenas.

Aristóteles me fez examinar esses seres cegos, sem pernas, sem palpos, sem antenas — pobres montes informes e moles. Eles eram compostos de doze anéis. A cabeça, mais estreita que o corpo, estava inclinada para a frente. Alguns tremiam, quase imóveis, parecendo dormir sob um pesadelo. Outros se erguiam, se levantavam, e a abertura que precedia sua cabeça, e que era a boca, se agitava inquieta, claramente procurando por algo. As larvas quase tranquilas estavam saciadas. As larvas turbulentas tinham fome. As operárias compreendiam os tremores de suas bocas e os espasmos de suas massas impotentes. Elas corriam, com as mandíbulas afastadas, e regurgitavam diretamente na boca faminta uma gota de licor nutritivo. Pareciam pássaros dando de comer a seus filhotes. Mas aqui a comida não era tomada no exterior e oferecida tal qual, bruta. Ela vinha, um xarope delicioso, do papo da ama.

Uma outra divisória continha larvas um pouco maiores, com um desenho um pouco menos grosseiro; uma terceira continha larvas ainda maiores e mais bem formadas. Meu pensamento de homem comparava-as a crianças distribuídas, de acordo com sua idade, entre as diferentes classes de uma escola. Por fim, uma última divisória continha larvas quase do mesmo tamanho que nós e fazia a transição para os dormitórios das ninfas.

As ninfas dormiam sem movimento. Algumas tinham prudentemente fiado um casulo e dormiam sua morte provisória em um luxuoso caixão de seda. A maioria tinha apenas finos panos, aguardando a vida, enroladas na pobreza nua de um sudário. Sua forma já era como a nossa. Mas patas, palpos e antenas estavam dobrados, colados contra o corpo, e o ser todo era de uma brancura macia. Algumas operárias com movimentos raros, lentos e silenciosos — como irmãs de caridade em um hospital — vigiavam a imobilidade delas. Uma estava voltando, havia visitado um casulo. Ela bateu nas antenas de duas ou três amigas e elas foram até aquele casulo.

Elas o examinaram por um longo tempo. Sem dúvida, estavam procurando o local mais fino. Arrancando algumas fibras, o afinaram ainda mais. O tecido estava entrelaçado e difícil de romper. Elas pinçavam e torciam. Um pequeno buraco foi perfurado; então, bem ao lado, um segundo; depois, um terceiro.

Aristóteles me explicava as operações que faziam; e o que eu chamaria, por falta da palavra exata, de sotaque de suas antenas era de aprovação. Mas de repente ela disse:

— Desajeitadas!

Naquele momento, elas estavam tentando ampliar as aberturas puxando a seda como um tecido que se quer rasgar. Por muito tempo, minha amiga as observou com ar irônico, esgotando-se em seus esforços inúteis. Quando viu que elas não abandonariam por si mesmas o procedimento absurdo, teve pena da prisioneira e correu para ajudar em sua libertação.

Passou um de seus dentes por um dos buracos e pôs-se a cortar os fios, sem pressa, metodicamente, um após o outro. Duas operárias ampliaram os outros dois buracos da mesma maneira. A operação foi demorada: uma maravilha de paciência.

Os três buracos se reuniram em uma única abertura rasgada, pela qual se revelavam a cabeça e as patas da cativa. Mas seria perigoso libertá-la por esse orifício estreito, cujas bordas poderiam amassar, talvez rasgar, sua fraqueza mole. Aristóteles, usando sempre seus dentes como uma tesoura, fez partir desse círculo uma longa fenda. Outra operária estava realizando um corte paralelo.

Agora Aristóteles, de pé, apoiada em seu abdômen, no qual suas últimas quatro patas de esteio pareciam desenhar contrafortes firmes, levantava com as duas patas anteriores a tampa que haviam tornado móvel. E várias formigas, com lentas precauções maternais, puxavam a pobre desperta do ataúde.

Quando ela ficou livre, mal conseguia tentar andar, e quase caía por causa de seu tremor. Pois um sudário ainda a envolvia, separando-a da vida e do movimento voluntário. Era uma fina membrana acetinada. Desenrolaram delicadamente essa malha paralisante. Primeiro, puxaram as antenas de suas bainhas, espicharam-nas, fizeram com que se movessem. Cuidaram dos palpos da mesma forma. Então soltaram as patas e, uma por uma, as estenderam, colocando-as verticalmente no chão. Enfim libertaram, com aqueles movimentos de triunfo que acompanham o final feliz de todo trabalho difícil, a cabeça, o tórax, o pecíolo e o abdômen. E, com passos vacilantes, como embriagada, a ressuscitada caminhou.

Uma operária deu a ela uma gota tirada de seu papo. A criança engoliu com delícia.

Enquanto isso, Aristóteles correu para uma caixa vizinha, trouxe um grão de trigo, bem maduro, todo açúcar e xarope, pousou-o diante da nova formiga e, decompondo os movimentos como em uma lição, começou a lamber. A aluna olhava sem ver, em um estupor mal desperto. Aristóteles suavemente separou as mandíbulas da jovem formiga, conseguiu fazer com que ela esticasse a língua e a passasse pelo petisco delicioso. E, com gestos desajeitados e felizes, a criança lambeu. Um movimento em falso fez com que seu grão rolasse para fora de seu alcance; ela continuou, estúpida, lambendo o vazio diante de si. Mas Aristóteles rapidamente trouxe a refeição de volta sob a língua desajeitada.

Nós nos afastamos. Aristóteles, a meu pedido, explicou o futuro da operária cujo nascimento eu acabara de ver. Em cerca de dez dias, nada a distinguiria de qualquer uma de nós. Ela iria alegremente para o trabalho livre, seja fora ou dentro, conforme sua fantasia, conforme a temperatura, conforme sua inteligência sentisse mais intensamente tal ou qual necessidade da comunidade.

Mas, durante dois ou três dias, uma mais velha a educaria, ensinando-lhe a cidade e o trabalho, a cuidar de sua higiene, repetindo as palavras mais necessárias para suas antenas. Em seguida, enquanto se sentisse com forças ainda insuficientes, como convalescente do esforço de nascer, ela viveria no interior, ajudando a alimentar as larvas e a manter a limpeza do ninho e a secura dos celeiros.

Enquanto minha sábia amiga me explicava essas coisas, deparamos novamente com o pobre andar pesado da fêmea. Perguntei a Aristóteles sobre o belo triângulo de pérolas que ornava a cabeça do monstro e sobre os quatro toquinhos curtos que desonravam seu tórax.

As pérolas eram os ocelos, pequenos olhos simples semelhantes aos olhos humanos, pouco úteis para o inseto que possui os maravilhosos olhos facetados. Os toquinhos eram os restos das antigas asas arrancadas: coisas feias que eram como os estigmas de belezas perdidas.

Mas Aristóteles relatava rapidamente os fatos, sem expressar nenhuma reflexão. Ela apressou o passo para se afastar do monstro e, assim como vocês fariam um gesto de desprezo, seus órgãos estridulantes emitiram uma nota de desdém.

CAPÍTULO XIII

NAS PROXIMIDADES DO NINHO, ENCONTREI ARISTÓTELES. TROCAMOS COMO QUE UM RÁPIDO CUMPRIMENTO, UMA CURTA HARMONIA AFETUOSA, E ELA CONTINUOU SUA CAMINHADA.

Fiquei parada e refleti. Meu pensamento de formiga, perturbado por hábitos humanos, não conseguia resolver um problema que, no entanto, era muito simples.

Eu não tinha ouvidos e mesmo assim ouvia. Onde estava, então, o meu órgão da audição?

Produzi estridulações, as escutei cuidadosamente e me perguntei com o que eu ouvia. Não encontrei resposta.

Dediquei-me a proceder metodicamente, por uma espécie de análise. Aproximei minhas antenas dos meus órgãos de estridulação e depois as afastei: nada mudara na intensidade do som. Até mesmo as apliquei contra as vibrações, como se aplica o ouvido a um tique-taque, subitamente amplificado, de um relógio. O ruído, ao ser tocado, não aumentou.

Repeti essas experiências com meus palpos. Nenhum resultado. Afastei e aproximei alternadamente minha cabeça do barulho. Nada mudava.

O órgão da audição não estava na minha cabeça! Com essa constatação, meus preconceitos de homem se agitaram, afligindo minha mente de formiga. E eu fiquei estupefata, com as mandíbulas afastadas como os lábios e os maxilares abertos de um imbecil, nem mesmo tentando mais entender.

Felizmente, Aristóteles voltava para o meu lado. Corri até ela e fiz a pergunta que me inquietava. Ela tocou uma música irônica e, pegando uma de minhas patas anteriores, a colocou sobre a rugosidade estridulante. A harmonia se tornou enorme, ensurdeceu-me, abalando todo o meu corpo.

Minha amiga soltou minha pata e se afastou sem dar mais explicações. Em meu cérebro esquerdo, o homem se ergueu, gigantesco de surpresa, com os braços levantados para o céu. E disse, bem bobo:

— Que coisa! Até minhas tíbias são ouvidos agora!

Mas não tive tempo para dar atenção a seus bobos maravilhamentos.

Um cheiro nauseabundo começava, aproximava-se, cada vez mais repugnante, cada vez mais insuportável.

E eu via uma fuga de formigas em direção ao ninho. Outras se abrigavam em cavidades, debaixo de tufos de mato, como se temessem ser esmagadas por algum desmoronamento pesado.

— O que está havendo? — perguntei a uma fugitiva.

Suas antenas, trêmulas de medo, estremeceram como quem gagueja uma pergunta estupefata:

— Você então não está sentindo?

Ela passou rápido, tropeçando, envolta em um vento de terror.

E eu via continuar o inexplicável pânico. O contágio me tomava. Com um terror misterioso, perguntei a uma operária escondida em um buraco próximo, toda trêmula. Ela me disse, apertando-se contra mim:

— Fique aqui, abrigada. Está vindo um homem que, se você sair, vai esmagá-la.

Ou melhor, ela não disse "um homem". Pois levo o escrúpulo ao ponto de ser o menos inexato possível em minhas traduções do intraduzível. O homem, para as formigas do meu ninho, não era designado por uma única palavra. Elas falavam raramente do vasto animal temível e desprezível, e o chamavam por uma definição bizarra que tento expressar. A covarde me disse, mais ou menos:

— Uma montanha que anda com dois pés vai esmagar você!

Não permaneci no abrigo. Acabara de avistar a montanha que andava com dois pés e algo nostálgico e estranho me atraía para ela. Meu pensamento humano havia expulsado meu pensamento de formiga, sem luta, quase sem sofrimento. Lembranças me tomavam, tão intensas que o presente era suprimido, que aquele minuto era conquistado pelo meu passado. Por algum milagre, os objetos haviam retomado suas proporções de outrora, suas proporções de quando eu era homem? Meus olhos de formiga viam com hábitos de homem e realmente não eram olhos de formiga. Era um eu antigo que julgava, comparava, e — tal é o poder irresistível da mente — apesar da oposição inaudível dos órgãos, eu era um homem que olhava para um outro homem.

E eu dizia a mim mesmo, naquele extraordinário sonho desperto: "Ele é menor do que eu. Parece fraco. Com um empurrão, eu o faria recuar vários passos vacilantes e, em seguida, cair".

Ele estava quase em cima de mim. Gritei:

— Ei! Amigo, afaste-se.

Mas eu não tinha órgãos para falar; meu grande grito permanecia interior.

Pensei, em um começo de horror: "Isto é um pesadelo. Eu sei, não consigo gritar".

Lembro-me também de pensar: "Ah, não, será que vou sonhar de novo que sou formiga?".

E parece que, com um grande esforço, eu conseguia acordar.

Tarde demais. Ele já tinha o pé levantado sobre o meu. Oh! Eu não esperava que o desajeitado me esmagasse os artelhos. Azar para o desastrado: o empurrão, o recuo, o tropeço e a queda!

Meus braços se estenderam, hostis. Então, num instante, percebi que meus braços, tão pequenos, tão frágeis, eram patas de formiga. Pensei ainda: "Patas que são ouvidos. Que sonho louco está recomeçando!".

Acreditei que um riso nervoso fosse me acordar.

Mas de repente foi uma noite escura, sinistra. O pesadelo me esmagou até a morte. Depois, não senti mais nada. A montanha que andava com dois pés havia pisado em mim.

CAPÍTULO XIV

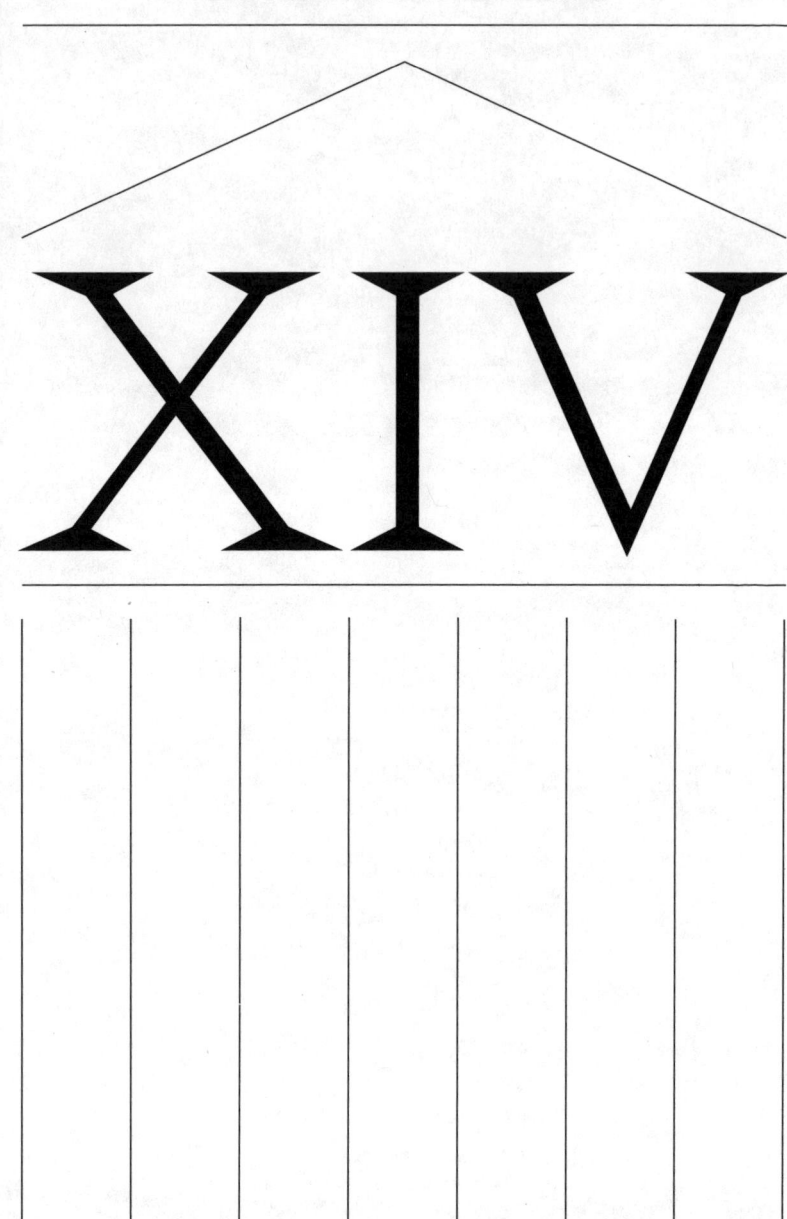

QUANTO
TEMPO
DUROU MEU
ANIQUILA-
MENTO?
IGNORO.
A PRIMEIRA
LEMBRANÇA
QUE
REENCONTRO
É LÚGUBRE.
OUÇO
HARMONIAS
MORTALMENTE
TRISTES, E
MEUS OLHOS

começam a ver como através de uma névoa.

Um de nossos soldados gigantes me segura, delicadamente, em suas formidáveis mandíbulas. Ele me carrega. Para onde? Por quê?

Seu passo é lento, como se estivesse oprimido.

Nos solavancos, acredito perceber atrás dele uma multidão de operárias caminhando com a mesma tristeza. São elas, sem dúvida, que estridulam as melodias fúnebres.

Tudo me aperta. No meu terror impotente, parece que o horrível passeio dura, interminável, talvez horas.

O primeiro pensamento um pouco preciso que se desenha em mim diz: "Se eu ainda fosse homem, acreditaria estar assistindo ao meu próprio enterro!".

O estranho passeio lento e triste para. As músicas adquirem uma força mais grave, de uma profundidade dolorosamente desconhecida. O drama deve estar chegando ao desfecho.

Ainda estou paralisada, membros dispersos, como em pedaços, sem articulações, sem comunicação entre eles ou com minha vaga vontade. Mas meus olhos veem como de costume, e minha inteligência se torna tão clara e penetrante como nunca. Observo, com que angústia!...

Colocam-me no chão, deitada de costas. Estou na extremidade de uma fileira de formigas imóveis, também deitadas de costas — certamente mortas. Atrás de mim, outras fileiras de cadáveres.

Sinto que minhas companheiras vão se afastar. A cerimônia terminou. Vou ficar aqui, abandonada, no final dessa linha rígida, a única viva neste cemitério, imóvel pela fraqueza e pela agonia no meio da imobilidade dos mortos.

Pensamentos se aglomeram em mim, inúmeros, marchando como um rápido cortejo em duas fileiras. Pois cada um é duplo: o pensamento humano à esquerda; e à direita, o pensamento de formiga.

O que tento dizer durou, provavelmente, alguns segundos. Mas para repetir o pouco que ainda consigo expressar daquilo que vi e pensei claramente nesses poucos segundos, seriam necessárias horas.

Meus pensamentos de formiga são formigas, meus pensamentos humanos são mulheres. As antenas das formigas se dirigem à minha antena direita; as mulheres falam, debruçadas, sobre a tíbia da minha primeira pata esquerda. A maioria dos meus pensamentos é triste; alguns me consolam. Mas a cor das primeiras e das segundas me surpreende com um mesmo espanto.

Quando o pensamento é consolador, a mulher que se inclina em minha direção é uma grande loira vestida de branco, enquanto a formiga, outra intérprete da mesma alegria, tem a cor escura comum às formigas da minha espécie e se assemelha a Aristóteles. As mulheres que se debruçam para me contar pensamentos tristes são pequenas morenas esticadas, vestidas de preto, com longos véus de luto. As formigas que caminham em uma linha paralela e cujas antenas fremem em uma língua tão diferente os mesmos desesperos têm uma cor esbranquiçada, a cor das ninfas; são ninfas que estariam caminhando sem ter afastado seu sudário.

Digo muito mal o que quero dizer, e não posso dizer melhor. Mas o leitor se lembra, espero, que meu branco não era branco e que meu negro não era o negro de vocês. Eu só quero expressar essa singularidade que muito me espantou: a cor que revestia meus pensamentos alegres em meu espírito de homem era a mesma em que minha imaginação de formiga vestia minhas tristezas; e o que formava à esquerda a fúnebre libré das minhas aflições se tornava, à direita, a vestimenta sorridente das minhas alegrias.

Eu consigo ver novamente — realmente branca e negra agora — a dupla procissão. Mas não consigo sentir tudo o que as formigas diziam à minha antena, nem mesmo ouvir tudo o que as mulheres sussurravam ou gritavam à minha tíbia.

Eis aqui, apenas, em linguagem abstrata, o que posso repensar.

A angústia, negra à esquerda, branca à direita, me dizia: "Vão enterrá-la viva!". E uma longa sequência de viúvas e ninfas detalhava esse horror para mim.

O consolo me respondia: "As formigas não enterram suas companheiras. Elas deixam os cadáveres secarem ao ar livre. Olhe. Nada impediria sua vizinha, se ela ressuscitasse, de se reerguer sobre suas patas e voltar para o ninho". Loiras vestidas de branco afugentavam o rebanho das morenas enlutadas, e formigas deliciosamente negras empurravam as horríveis ninfas brancas para um buraco. E loiras felizes e formigas alegres e ativas diziam a cada um dos meus dois pensamentos alegrias convalescentes e comovidas de minha próxima ressurreição.

Mas as viúvas opressoras e as ninfas espectrais voltavam, novamente vitoriosas. Elas respondiam às contraditoras desaparecidas que a paralisia do caixão e o sufocamento da terra seriam totalmente desnecessários para me matar. O abandono longe do ninho e a falta de cuidados seriam mais do que suficientes. E elas multiplicavam as perguntas irônicas e cruéis: "De onde seu corpo tiraria forças para se virar? De onde suas patas tirariam energia para carregá-la? Seus olhos e antenas desanimados saberiam sequer guiá-la?". E os fantasmas negros da esquerda, assim como os espectros brancos da direita, concluíam: "Você está perdida! Você está perdida!".

Porque eu quis expressar o que meus pensamentos tinham de singular, não consigo comover vocês com minha emoção. Lamento pouco por isso. Aflições tão terríveis já foram sentidas. Outros seres foram abandonados a uma morte longa e sem esperança. Mas ninguém, eu suponho, conheceu o dualismo negro-branco das minhas alegrias, o dualismo branco-negro das minhas desesperanças.

Eu disse que esses dois mundos de pensamentos ocorreram em mim por alguns segundos, no máximo. Mulheres brancas ou negras, formigas ou ninfas, todas, com efeito, me repetiam, umas com tons diversos, lúgubres ou alegres, outras por meio de movimentos diferentes, sinistros ou luminosos: "Este momento é o momento irreparável. Um esforço pode salvá-la. Faça um movimento que suas amigas perceberão, ou cante seu desespero e elas ouvirão sua vida".

Parece-me que consegui tremelicar — oh, tão fracamente! — das seis dores que eram minhas patas; e parece-me que consegui estridular um vago: "Socorro!".

Algumas formigas se aproximaram. Tentei repetir meu grito, renovar também o chamado das minhas patas. Mas a novidade da esperança era mais paralisante do que o desespero há pouco. Talvez também um único esforço fosse suficiente para me esgotar por horas.

Eu estava morrendo de fraqueza e expectativa. Minha vontade meio extinta se esgotava em preservar um resquício de sentimento e me fazer enxergar um pouco do que ocorria à minha volta.

Agora, os pensamentos não corriam mais rápidos e sussurrantes. Todas elas, mulheres de pé e formigas deitadas, estavam agrupadas em mim. Seu peso imóvel me fazia, aparentemente, descer sem solavancos, sem outra dor além do horror de escorregar no inelutável, ao longo de um abismo sem fundo. Coisas e seres reais se afastavam lentamente, implacavelmente, e era como se eu estivesse inclinada na beira do precipício, vendo os cadáveres rígidos e as ervas agitadas pelo vento. No meio de um sonho que, sem dúvida, não terminaria nunca, eu também via minhas amigas lá em cima se agitarem, no estranho platô de uma vida que eu conhecia.

Elas iam e vinham em um espaço restrito, como se estivessem enclausuradas, trepidantes por causa de uma hesitação insuperável. E suas antenas se encontravam em discussões, ou com eloquências persuasivas, ou com abruptas, dolorosas e, ousaria dizer, zombeteiras negações.

Enfim, uma dessas formigas veio até mim. Fiquei inundada de esperança, pois reconheci minha bem-amada Aristóteles.

Suas patas anteriores levantaram minhas antenas que se arrastavam, miseráveis. Pareceu-me que eu emergia das profundezas para o ar livre.

Ela me disse, a querida benfeitora:

— Se você ainda está viva, manifeste sua vida.

Senti recomeçar a queda da agonia, e todo o meu ser foi envolvido por essa ideia: "Eu estou muito fraca!".

A angústia abominável conferiu a minhas antenas uma vibração de impotência, que a afeição de Aristóteles adivinhou mais do que seus próprios órgãos perceberam.

Ela me tomou pelo tórax e, seguida pelas outras que emitiam músicas alegres, me levou de volta ao ninho.

Colocou-me em uma cela do segundo andar, em completa escuridão, e cuidou de mim com uma devoção sem falha.

Seus cuidados eram simples. Ela escorria em minha boca deliciosas gotas nutritivas retiradas de seu papo. Sua língua lambia minhas feridas, que não tardaram a se fechar. Com precauções delicadas, ela dobrava e desdobrava minhas patas, meus palpos e minhas antenas, devolvendo-lhes gradualmente a faculdade de se mover. Quando dei meus primeiros passos, suas mandíbulas, envolvendo meu tórax como braços, me auxiliavam ao carregar-me.

Quantas vezes e com que emoção nos lembramos daquela época! Quantas vezes me fizeram contar os detalhes do meu funeral, a tristeza de Aristóteles, sua relutância em me deixar, a impossibilidade que ela sentia de se afastar e algo que lhe afirmava que eu ainda estava viva! Suas companheiras ficaram tentadas a zombar quando ela voltou até mim, pedindo à morta que manifestasse sua vida.

Ela não parava de falar sobre seu tremor de angústia e de esperança quando questionou minha imobilidade, suplicando-lhe que vibrasse o tremor de salvação; sobre seu transbordamento de alegria quando sentiu, ou melhor, adivinhou o leve tremor que lhe devolvia uma amiga.

Ela me perguntava sobre minhas impressões de transportada ao cemitério e minhas impressões de abandonada. Eu contava tudo o que havia emocionado meu cérebro direito, todas as formigas e todas as ninfas que haviam encorajado ou esmagado minhas antenas, e que as consoladoras se assemelhavam a ela, tinham sua beleza grave e doce.

Mas o movimento das minhas antenas evitava ligar o cinematógrafo tão estranho que era meu cérebro esquerdo. Eu deixei Aristóteles ignorar as mulheres brancas e negras que falaram à minha tíbia. Sabia bem demais que meu lado humano lhe pareceria loucura, a entristeceria inutilmente. Mas eu mesma estava muito triste por não poder me revelar por completo para o mais amado e amoroso dos seres.

Por vezes, essa tristeza se sobrecarregava — como um fardo sobre um fardo — com o sentimento de que nosso amor era incompleto. Mas eu escondia com um cuidado trêmulo minha "loucura das asas".

Fui frequentemente, nessas horas de melancolia, visitar o cemitério onde meu corpo quase agonizou no abandono. Era não muito longe do formigueiro, a cinco passos de homem, uma clareira cercada por ervas altas. Um pé de morango erguia-se no centro, tremendo sozinho sobre fileiras de cadáveres que secavam, estendidos de costas, em uma imobilidade definitiva.

CAPÍTULO XV

UM DIA, SAINDO DO CEMITÉRIO, EU CAMINHAVA MELANCÓLICA. ENTRISTECIA-ME PENSAR QUE VOLTARIA A SER UM HOMEM COM OS SENTIDOS EMPOBRECIDOS, COM O ESPÍRITO TÃO FECHADO.

Nos últimos tempos, meu pensamento humano quase desaparecido me permitia a felicidade. Quando uma lembrança chegava dos anos anteriores, ela era vaga, fantasmal, como se reduzida a vapor pela passagem de uma vida para outra vida. Eu não a aceitava mais como recente, nem mesmo como materialmente verdadeira. Acolhia como uma poesia esse estranho sonho simbólico que falava da multiplicidade das existências e das estações surpreendidas de nossa alma em corpos diversos.

Mas a pesada casa com as cinco pobres janelas, minha alma a teria habitado realmente? Eu duvidava. Voltaria lá um dia? A suposição me parecia tão absurda quanto angustiante.

Por que hoje, então, o dualismo do meu pensamento me dilacerava, brutal, inegável? Por que voltava a ver-me, criança, nos joelhos maternos? Por que lembranças de carícias suaves subiam lentamente até mim? E por que também memórias violentas de beijos que se agitam e gritam me assaltavam — memórias súbitas de beijos que vão morder, que mordem?

Eram antigos, esses beijos ardentes. Eu os havia recebido no meu pequeno quarto de estudante. Por anos, eu os tinha esquecido, com os sentidos adormecidos pela calma e cotidiana regularidade das carícias conjugais. Hoje, em minha vida de formiga neutra, eles me perturbavam, nostálgicos apelos para as duas extremidades do horizonte, me dilacerando entre arrependimentos em direção ao ontem e desejos em direção ao amanhã.

Eu teria desejado, de imediato, me tornar novamente o homem com um universo tão pobre, mas que podia desfrutar do amor, saborear o beijo mais doce que açúcar de trigo.

E eu me inquietava com os perigos que meu dualismo interior me trazia. Se, outro dia, quando o pesadão me esmagou, eu tivesse morrido completamente; se meu corpo de formiga se dessecasse agora entre os pequenos cadáveres negros, sob a triste floresta de morangos:

Octave Péditant, aquele que conheceu beijos violentos e carícias calmas, e que ansiava por encontrá-los novamente, também estaria morto? Eu tremia inteiramente com essa ideia: talvez os últimos carinhos que deveria receber eu já tivesse recebido; talvez minha distração me matasse antes do fim do meu ano, e eu teria em minha agonia apenas os frios consolos de Aristóteles, neutra como eu e orgulhosa, ela, de ser neutra e, como uma freira casta, desdenhando do amor desconhecido! Às vezes eu injuriava a fada que não me garantira a travessia deste ano; que, talvez, queria, deixando-me morrer como formiga, se desvencilhar de seus outros compromissos. E um longo desespero a chamava, um homem de pé, desvairado em meu cérebro esquerdo. A boca aberta gritava: "Devolva-me o amor! Devolva-me o amor!". Ela dizia também: "Fique com o seu milhão". Mas a frase, iniciada muito alta e clara, se perdia em um balbuciar indistinto. Pois corpos de mulheres me apareciam, maravilhas à venda, e eu gostaria muito de poder comprá-los.

As alegrias dos espetáculos e as alegrias da ciência faziam rir meu pensamento esquerdo. Eu não ignorava mais que a ciência humana estuda o universo com olhos muito pobres e, ao me tornar homem novamente, sabia que iria em direção ao empobrecimento desbotado do espetáculo. Mas o beijo, quase desprezado no passado, reaparecia agora como um absoluto, como a única coisa verdadeiramente boa, verdadeiramente desejável.

Eu caminhava sozinho em meus devaneios. De repente, paro, surpreso. Duas massas enormes, duas daquelas terríveis "montanhas que caminham com dois pés" estão ali, na minha frente, deitadas na grama, lado a lado. Assim que o espetáculo repentino foi notado, antes mesmo de sua natureza ser reconhecida e talvez ajudando em grande parte esse reconhecimento, o odor ignóbil, que já duas vezes me anunciara a presença humana, me invadiu. Talvez eu não o tivesse sentido antes porque pensava unicamente como homem e o pensamento perverte até nossos sentidos.

Parecia-me que as duas criaturas estavam se abraçando. E minha alma humana chorou.

As proporções e as cores estavam tão alteradas que eu não conseguia distinguir as pessoas mais conhecidas durante minha vida anterior. Essa hipótese ciumenta pinçou meus nervos: "Talvez seja minha esposa com meu substituto!". Arriscando ser esmagado, subi em uma parte desnuda da montanha mais próxima e, furiosamente, enfiei meu ferrão duas vezes. A ferida dupla recebeu toda a minha provisão de veneno. Mas a montanha se agitou em fortes solavancos e uma fuga desesperada me levou.

Quando me senti fora de perigo, reprovei-me por minha temeridade. A vida se tornava preciosa para mim como uma angústia em seu fim, pois um dia me devolveria o beijo.

Minha corrida sem objetivo me levou a terras desconhecidas. Eu me dispunha a voltar para o formigueiro quando avistei, felizmente à distância, uma tropa de formigas, que eram estrangeiras. O cheiro delas, que o vento me trazia, menos infame do que a infecção humana, tinha, porém, algo de hostil; irritava e assustava meu olfato, assim como o uniforme de um regimento inimigo irrita e assusta a visão de um soldado isolado. Manobrei o melhor que pude para evitá-las, para evitar a morte, para evitar a perda definitiva do amor.

Mas elas foram, por meu cheiro sem dúvida, alertadas da proximidade de uma presa. Elas me perseguiram com afinco, em uma caçada sem piedade. Eu corria, ofegante, me sentindo perdida, ouvindo atrás de mim os passos cada vez mais rápidos, cada vez mais próximos, da horrível matilha.

Finalmente, avistei ao longe a muralha tranquilizadora do meu formigueiro. Atrás de mim, o ruído ameaçador cessou. O bando maligno havia parado. À minha frente, próximo, elevando em minha dupla alma todas as felicidades, estava um grupo de minhas compatriotas.

Uma coragem me veio, transformando meu medo em raiva. Eu parei, me virei. Minha atitude foi um desafio.

Minhas amigas tinham visto, cheirado, tinham compreendido. Elas se aproximaram. Lentamente, em várias linhas bem retas, a tropa inimiga avançou.

Senti um frêmito belicoso. Pensei que uma grande batalha estava prestes a começar. Eu quis ser a primeira a atacar.

As duas tropas pararam à distância. Uma inimiga se separa do bando maligno, caminha em minha direção. Observam-nos de ambos os lados. Não haverá batalha, mas provavelmente um combate singular.

Meu ardor arrefece ao pensar que estarei sozinha em perigo; sinto-me menos corajosa para a ação isolada do que para a peleja embriagadora.

Além disso, minha adversária é maior do que eu. Acho injusto que minhas amigas me entreguem a essa luta desigual. Elas não deveriam me substituir por um soldado do mesmo tamanho que o soldado inimigo?

Por um segundo, me entrego, me resigno à morte. Parece-me que meu abdômen ficará feliz em ser perfurado pelo ferrão, ou que minha cabeça esmagada entre as mandíbulas experimentará algum tipo de volúpia desconhecida.

Mas a ideia dessas estranhas alegrias se torna muito caracteristicamente humana. As mandíbulas esmagando minha cabeça são braços que me abraçam para o beijo. E eu desperto para a coragem, para o desejo de viver. Lutarei contra o falso beijo assassino para preservar o verdadeiro beijo, o abraço que se afrouxa, sorridente, e recomeça mais doce.

Mandíbulas abertas, antenas recuadas, avançamos com uma lentidão de tocaia. De repente, ela se lança sobre mim, salto terrível, e, com um susto, tenta me agarrar pelo tórax. Eu salto ao mesmo tempo e nossas mandíbulas se chocam, se entrelaçam como quatro espadas nas mãos de dois violentos combatentes.

Ela recua para ganhar terreno, se lançar novamente. Não lhe dou tempo para um novo ataque. Atiro-me sobre ela com ímpeto. Minhas mandíbulas, vigorosas assaltantes com fintas ágeis, ataques prontos, se chocam com suas mandíbulas rápidas, sempre em guarda.

Ouço atrás de mim as músicas encorajadoras, excitantes, das minhas amigas. Do outro lado, vêm harmonias selvagens que também me excitam, me exaltam com a irritação.

Uma cólera nos agita, a ambas. Nossas mandíbulas se chocam furiosas por não conseguirem alcançar o corpo. Avançamos, nos erguemos; nossas patas anteriores se agarram, se mesclam inextricavelmente. Nós nos abraçamos, caímos, emaranhamento horrível; rolamos pelo chão. Ai de mim! Estou por baixo. Acabaram-se para meus olhos os espetáculos ricos ou pobres; acabaram-se para meu corpo os beijos ásperos e as carícias ternas. Emoções do amor, minha alma não mais as encontrará. O ferrão vai me perfurar; o veneno vai me penetrar com sua queimadura. Eis, após os gemidos da agonia, a imobilidade feroz que nem mesmo o beijo faria mais estremecer.

O beijo! O beijo! Eu ainda quero sentir o beijo. Que força nervosa me sacode, me levanta, me desloca! Estou quase atrás da minha inimiga.

Rápida como a morte súbita, cavalgo sobre ela e minhas mandíbulas apertam suas costas. Já estou embriagada de vitória. A longa felicidade que sentem minhas tenazes vivas ao subir, com um movimento regular, ao pescoço daquela que quase me matou, que quase me separou para sempre dos carinhos femininos! Com a alegria delirante que me ergueria para golpear um rival no amor, aperto o miserável pescoço entre meus dentes. Já a cadeia nervosa está cortada; já toda resistência está morta. O triunfo não me basta. Eu preciso, entre meus membros felizes, sentir os estertores da agonia. Continuo apertando. Minhas mandíbulas se aproximam nas carnes sangrentas, se tocam. A cabeça decepada cai diante de mim.

Minhas amigas correm até mim com cânticos orgulhosos. A tropa hostil desaparece, rápida e furtiva como a vergonha.

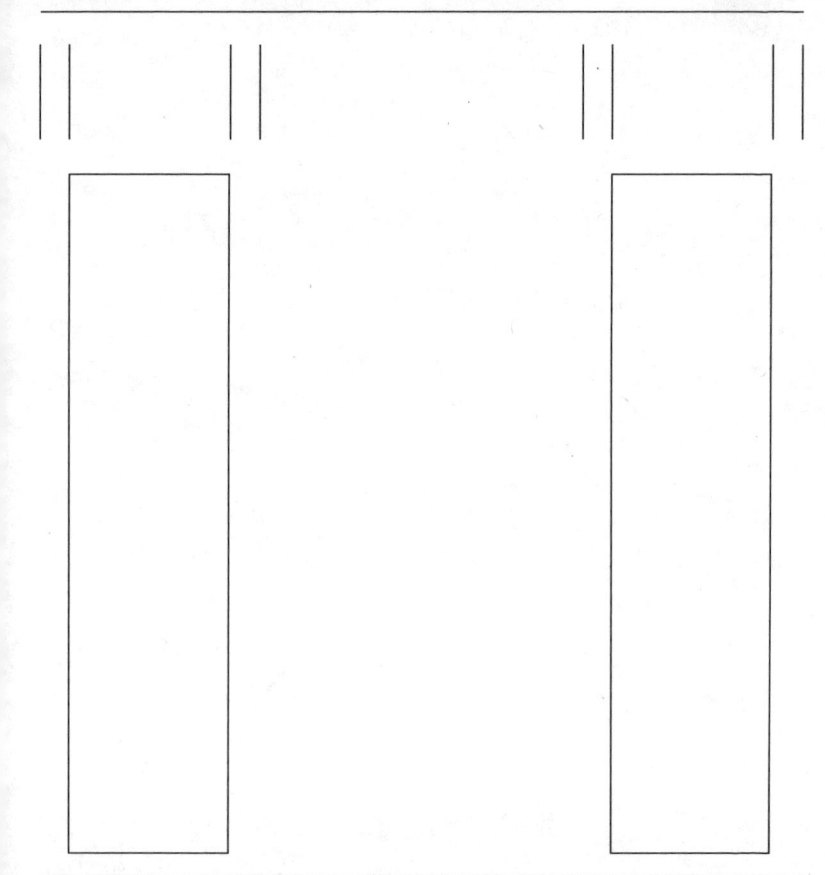

CAPÍTULO XVI

DESDE O COMBATE SINGULAR, VIVÍAMOS SOB UMA INQUIETAÇÃO. ARISTÓTELES COSTUMAVA ME DIZER: — NÃO SE AFASTE. CERTAMENTE HÁ UM FORMIGUEIRO PERTO DEMAIS DE NÓS.

Cuidado com as surpresas isoladas do inimigo.

Eu perguntava:

— Todo estrangeiro é o inimigo?

Minha querida Aristóteles olhava para mim com um espanto quase triste, e o rápido movimento de suas antenas tinha algo de exclamativo que não acredito traduzir tão mal:

— Mas claro!

Numa tarde escaldante de calor, eu carregava um grão quando vi, perto de nossa cratera, uma formiga do outro ninho. Ela corria em pânico, indo e vindo, escondendo-se na relva. Várias tropas das nossas estavam por ali, e a pobre desorientada tinha poucas chances de passar despercebida, sem que seu odor infecto atraísse nossas bravas patriotas, assim como o cheiro de carniça atrai os corvos.

Meu cérebro direito me impelia a lançar-me sobre a estrangeira que cheirava tão mal e dilacerá-la, ou melhor, chamar minhas amigas e beber em uma poderosa embriaguez coletiva o prazer cruel. Mas minha mente esquerda me lembrava, enternecida, dos perigos enfrentados outro dia, confundindo em uma simpatia meu perigo passado e esse perigo presente. Em mim, o homem triunfou sobre a formiga. Naquele dia, fui humano, no mais belo sentido da palavra.

Corri até a miserável. Ela parou, aguardou a morte resignadamente. Minhas antenas lhe disseram:

— Venha, vou guiá-la.

Suas antenas responderam com roçares que para mim não tinham sentido algum. E pensei: "Cada pátria tem seu dialeto que coloca entre ela e as outras pátrias uma fronteira de incompreensão".

Felizmente, meu pensamento humano se lembrou de que apenas a linguagem analítica difere. Pessoas de diferentes nações podem comunicar sinteticamente por meio de gestos o indispensável, e o beijo tem o mesmo significado em todos os países humanos. Sem dúvida, uma música afetuosa deveria despertar nas formigas as mesmas emoções felizes. Eu estridulei piedades.

Uma harmonia de estupefação me respondeu. Eu continuei caminhando. Ninguém me seguiu.

Voltei e peguei a coitada entre minhas mandíbulas. Ela me olhou como o condenado olha o carrasco, e seu corpo, num longo tremor, estremeceu com involuntárias músicas resignadas.

Eu a carregava gentilmente, cuidadosamente. O tremor estridulante se tornou surpreso.

Chegou o momento crítico. Eu parei, embaraçada. À direita, o cemitério, onde muitas das nossas haviam ido para transportar o corpo de uma velha operária. À esquerda, um grande grupo de trabalhadoras, incluindo Aristóteles.

Se ultrapassássemos esses dois perigos, minha protegida estaria provavelmente salva. Mas eles estavam demasiado próximos, estrangulando a esperança em um espaço tão estreito.

Pensei seriamente em me afastar de ambos, contornando um ou outro. Seria tão demorado, tão eriçado de desconhecido, de surpresas, de perigos! E além disso, quando se está carregando algo e não se está indo diretamente em frente, é tão difícil se orientar!

Só vi uma opção sensata: deslizar entre os dois grupos, nos afastando ainda mais do cemitério, mais perigoso. Se deparássemos com a outra tropa, Aristóteles entenderia minhas razões, ou pelo menos cederia às minhas súplicas, e ninguém se revoltaria contra sua autoridade.

A inércia, a indiferença, a desconfiança curiosa da minha protegida tornavam a caminhada lenta e difícil. Por um instante, parei, tremendo. Olhei na direção de Aristóteles. Meio erguida nas patas traseiras, antenas estendidas em nossa direção, ela parecia farejar o cheiro da estrangeira. Justamente o vento levava aquele odor até ela. Logo vi que ela caminhava em nossa direção, seguida por todas as suas companheiras.

Fugir era impossível. Minha corrida ficaria sobrecarregada e seria alcançada rapidamente.

Deixei minha carga no chão e corri até Aristóteles. Minhas antenas disseram a verdade e explicaram que uma estrangeira isolada não representava perigo, que não havia motivo para matá-la aqui.

Aristóteles não me respondeu. Foi para uma outra formiga que suas antenas se dirigiram. A notícia se espalhou rapidamente entre todas, e o bando moveu-se.

Sua marcha não era como nossa marcha comum. Uma desordem alegre e raivosa impelia minhas compatriotas, as lançava adiante, umas sobre as outras. Elas corriam, ultrapassavam-se, chocavam-se, como se fossem levadas por uma onda embriagada. Cada uma queria ser uma das primeiras a cercar a presa, a gozar e fazer um jogo de sua agonia, a obter a volúpia de ver sofrer e morrer, de fazer sofrer e morrer.

Mais rápida do que sua loucura sanguinária, atirei-me diante de Aristóteles, que estava à frente. Supliquei que tivesse piedade. Disse-lhe:

— Talvez seja uma boa formiga, tão doce, amorosa e inteligente quanto você. Pense na minha dor se alguém a matasse sem motivo, ó minha bem-amada, assim como você quer matar essa que talvez seja amada por outros.

Ela me empurrou, dizendo:

— É uma estrangeira!

Voltei a martelar:

— Talvez seja a Aristóteles do outro ninho.

Ela replicou:

— É uma estrangeira!

Insisti:

— No que uma estrangeira é menos formiga do que você? Ela não tem, assim como você, antenas que tremem de mil alegrias, mil dores, mil pensamentos? Ela não tem, assim como você, olhos facetados, esponjas para absorver toda a beleza ao seu redor?

Um empurrão brutal interrompeu minha enumeração shakespeariana, e as antenas repetiram:

— É uma estrangeira!

Mas eu me prendi à minha amiga, desesperadamente. E continuei:

— Ela é, como você ou eu, um tesouro de vida. Por que o destruir?

— Ela é uma estrangeira!

Eu havia atrasado a marcha de Aristóteles. Agora, várias a ultrapassavam. Ela percebeu e sua cólera se tornou violenta:

— Imbecil, você está me atrasando!

Com um empurrão irresistível, ela se libertou e seu impulso a levou novamente para a ignóbil efervescência rápida e alegre. Ao mesmo tempo, emitiu uma música de ódio. E o ódio que ela cantava se dirigia, naquele momento, a mim, que a amava tanto quanto à estrangeira.

Elas chegavam. Foi uma confusão, uma agitação indescritível. Subiam umas nas outras. Todas queriam sua parte na comunhão do ódio. Cada uma puxava, beliscava, espetava, um pedaço de pata, um pedaço de antena, um pedaço de palpo. A paciente era torturada em todos os seus membros por essa horda embriagada de crueldade. Aristóteles segurava a cabeça com suas mandíbulas e, com pequenos golpes felizes, lentos e repetidos, semelhantes a estranhos beijos sádicos, ela mordiscava, prolongando a volúpia.

Não sei que necessidade de alegria vinha do espetáculo de todas essas alegrias, do espetáculo dessa dor. Eu estava enojada e, no entanto, um instinto poderoso me erguia, me conduzia para o gozo infame, me impelia a me lançar também sobre a presa a torturar.

Não cedi a isso, mas o medo de ceder me lançou em uma fuga.

Entrei no formigueiro. Ao atravessar uma câmara de larvas, disse a uma ama:

— Por que se dar tanto trabalho para criar vida, quando outras camaradas se divertem fazendo a morte?

Ela respondeu:

— Eu compreendi sucessivamente cada movimento de suas antenas; mas agora que elas pararam, não compreendo mais.

Passei com uma música altiva. Afundei nos mais sombrios subterrâneos e, sozinha e imóvel, comecei a pensar.

Minha cabeça doía muito. O homem triunfava insolentemente lá dentro, como se nunca um homem tivesse matado outro homem por causa de uma diferença de raça.

Aristóteles me encontrou. Era evidente que me procurava. Ela me perguntou, com muita gentileza:

— Eu a feri agora há pouco?

— Sim. Você matou meu afeto por você.

— Não entendo. Empurrei você um pouco bruscamente, sem dúvida. Mas não tive tempo de calcular e moderar meu gesto: você estava prestes a me tirar minha parte da grande alegria.

— Não é por ter me empurrado que estou com raiva. É por ter matado sem motivo.

Ela ficou surpresa:

— Sem motivo?... Uma estrangeira!

— Desprezo você por ter matado sua semelhante.

— Minha semelhante?... Uma estrangeira!

— O acaso poderia ter feito você nascer no formigueiro dela ou fazê-la nascer aqui.

— Decididamente, você é uma inventora de insanidades inauditas.

Ela acrescentou:

— Suas palavras são a própria absurdidade. Somos do país de onde somos, e o estrangeiro é sempre o estrangeiro.

Ela se afastou com músicas belicosas.

Foram horríveis para mim. Em meu cérebro esquerdo, elas provocaram estranhas lembranças musicais. O homem, que momentos atrás estava tão orgulhoso de sua *humanidade*, agora se alçava, agressivo, os punhos cerrados, os olhos saltando das órbitas, o corpo lançado para a frente, precipitado inteiramente em direção a um inimigo imaginário. Ele não era mais um homem; ele era um francês urrando a *Marselhesa*.

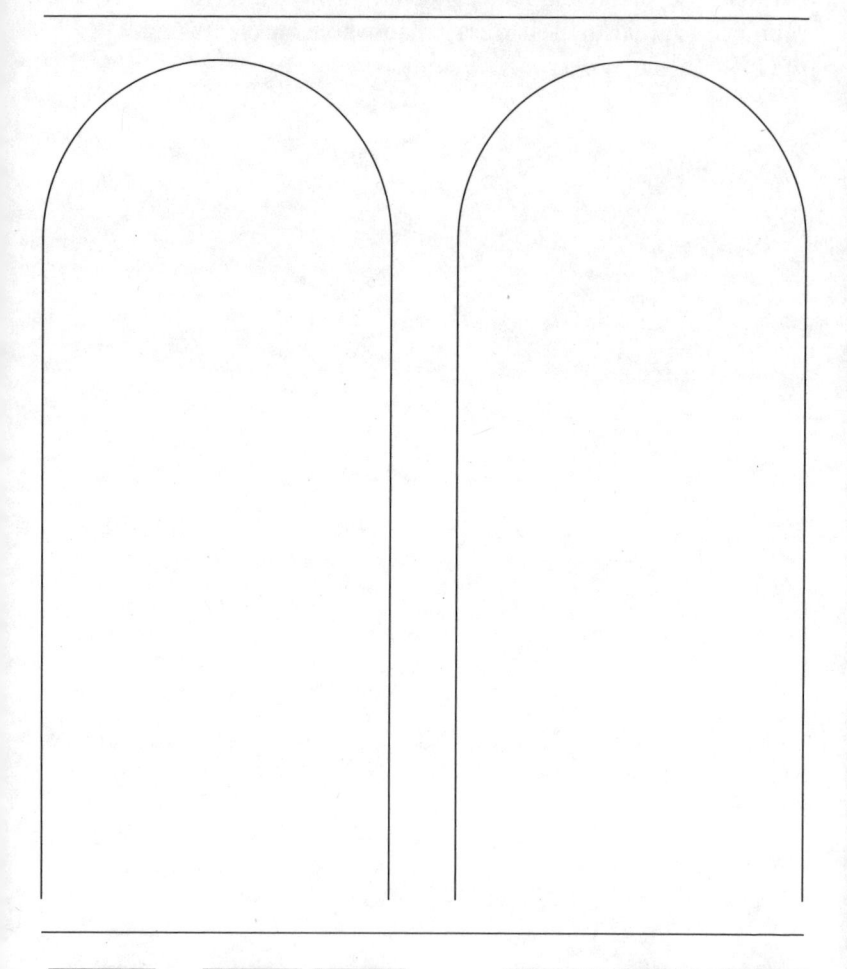

CAPÍTULO XVII

TALVEZ EU DEVESSE CONTAR DE UMA VEZ TODAS AS LEMBRANÇAS GUERREIRAS DA MINHA VIDA DE FORMIGA. ELAS SÃO MUITO PENOSAS PARA MIM. SOFRO DEMAIS AO PENSAR QUE O ENRIQUECI-MENTO das alegrias comuns, que a beleza mais opulenta do universo não nos tornam menos cruéis e que a mente pode se saciar de felicidades sem repudiar a absurda feiura de matar semelhantes instrumentos de felicidade.

Prefiro descansar um momento e voltar a meus pacíficos trabalhos. Aliás, parece-me que, assim, seguirei a ordem cronológica e que muito tempo passou entre os dois alertas que acabei de contar e as verdadeiras guerras que tivemos de enfrentar.

Parece-me... mas não afirmo. Para minha mente humana, toda a minha vida de formiga é um mar monótono de esquecimento sob uma noite sem estrelas. Vagas ilhas de sonho flutuam lá, quase inacessíveis, agitadas e como se afugentadas pelos meus próprios movimentos ao me aproximar delas. Não sei como Apolo fez quando fixou a flutuante Delos. Eu sou um desajeitado fixador de ilhas. Só consigo alcançar seu balanço fugidio por meio de truques desajeitados, que sempre as quebram em pedaços, dispersando-as no infinito negro. E é difícil para mim inscrever uma data um tanto precisa nos raros fragmentos que eu agarro.

No entanto, tenho quase certeza de que as grandes batalhas começaram no final da colheita.

Nós nos preparamos com grande antecedência para essa colheita que nos alimentará durante todo o ano. As plantas que fornecerão nossos grãos mal estão em flor, e já temos a preocupação de facilitar os futuros trabalhos. Primeiro, visitamos os campos de colheita do ano passado e procuramos ao redor do formigueiro, em um raio de cinquenta a sessenta metros, se novos campos foram criados.

Logo que os diferentes campos a serem colhidos são bem conhecidos, ligamos os novos ao formigueiro por novas estradas e reparamos os antigos caminhos danificados pelo inverno.

As estradas têm um traçado claro e quase sempre seguem em linha reta. São estabelecidas cavando levemente o solo e removendo todos os detritos, pedras, folhas e outros obstáculos que possam obstruir a passagem. A grama, cortada rente ao solo por nossas mandíbulas, é roída de novo toda a vez que reaparece. A largura do caminho varia de acordo com o tamanho do campo ao qual ele conduz e as dificuldades do desmatamento. Conheço caminhos estreitos de quatro centímetros e estradas magníficas de vinte centímetros.

Nos lugares perigosos, onde ataques de formigas inimigas ou insetos carnívoros são temidos, a passagem é protegida: na maioria das vezes, o caminho se esgueira entre dois aterros escorregadios e desmoronantes, construídos no mesmo modelo que a cratera que defende nosso ninho; às vezes é coberto por uma abóbada de alvenaria; às vezes afunda e se transforma em uma galeria subterrânea.

Eis como procedemos para a construção das abóbadas. Elevamos dois muros paralelos nas duas bordas da estrada. Assim que esses muros atingem uma altura suficiente, inclinamos para dentro os materiais que adicionamos a eles. O trabalho ocorre simultaneamente nos dois muros e em vários pontos, cada formiga trabalhando livremente, onde quiser, quando quiser, como quiser.

A obra progride de forma desigual, dependendo do número e do entusiasmo das operárias que trabalham aqui ou ali. Em breve, em alguns lugares, os dois lados se encontram. Essas primeiras chaves de abóbada formam pontos de apoio para a adição de novas porções de argamassa.

Sucessivamente, outros arcos se fundem. Enfim, o viaduto se aproxima de sua forma definitiva. Alguns buracos permanecem isolados, dispersos em sua parte superior. Essas aberturas são cuidadosamente fechadas e a edificação está concluída.

A construção de caminhos cobertos é uma tarefa rara. Quase sempre, os aterros escorregadios, muros que desabam sob o peso do agressor e o arrastam para a ruína, parecem ser suficientes. Em passagens muito perigosas, o túnel é preferido. Pois podemos cavar sob qualquer tempo, enquanto a construção de uma abóbada só é possível durante uma chuva fina e nas poucas horas de umidade após a chuva.

De fato, não temos meios de dar coesão ao solo utilizado e somos obrigadas a depender da boa vontade da natureza.

Muralhas e abóbadas são formadas exclusivamente por terra molhada. Cada operária traz uma pequena bolota que acaba de raspar com suas mandíbulas. Ela a aplica no local escolhido; depois a divide, empurra com os dentes, esforça-se para preencher as menores irregularidades da construção. As antenas tateiam cada grão de terra, certificam-se de que ele está bem colocado; então as patas dianteiras pressionam levemente para deixar mais firme.

Essas parcelas de terra molhada inicialmente só se sustentam por justaposição. Mas chega uma chuva: ela as ligará mais firmemente, igualará, polirá, de certa forma envernizará a convexidade da abóbada e o exterior das muralhas. As últimas rugosidades da alvenaria desaparecerão. Só veremos uma camada de terra bem unida, consolidada pelo calor do sol.

Às vezes, uma chuva violenta demais destruía o trabalho iniciado, levando até mesmo abóbadas concluídas, mas que não tiveram tempo para secar, e a tarefa precisava ser refeita. Sempre a refazíamos. A formiga é perseverante até a teimosia. Ela se obstina não apenas para obter o resultado definitivo, mas ainda para produzi-lo pelo meio originalmente escolhido. Mesmo quando as circunstâncias, favoráveis de início, se voltavam completamente contra nós, nunca vi abandonarem a construção de uma abóbada para escavar um túnel. Recomeçávamos dez vezes, vinte vezes o trabalho dez vezes, vinte vezes destruído pelas coisas malévolas. Uma cólera obstinada nos erguia, nos sustentava. Não seríamos nós que cederíamos. Era preciso que a hostilidade das coisas terminasse por ser vencida...

Se os caminhos abobadados são bastante raros, por outro lado, todas as estradas são margeadas, de tempos em tempos, por leves construções. São abrigos preparados para as operárias e para as provisões que elas carregam. Essas espécies de hospedarias têm muitos usos úteis. Quando estamos cansadas, repousamos ali em segurança. Se somos perseguidas por um inimigo, nos refugiamos lá, escondidas, inencontráveis, ou pelo menos protegidas pelas paredes, podendo esperar por ajuda ou, para fugir, esperar que as forças sejam restauradas, um segundo de distração do atacante. Abrigamo-nos lá em caso de tempestade. Podemos passar a noite lá, se nos atrasamos demais. À noite, guardamos os produtos de uma colheita ou de uma caçada para recuperá-los no dia seguinte, transportá-los à vontade.

Eis as estradas em bom estado, bem arroteadas, os velhos túneis desimpedidos, as antigas abóbadas e os antigos refúgios reparados. Tudo está pronto para o grande trabalho. Esperamos com uma espécie de alegria ansiosa, passando longas horas examinando o estado de maturidade dos grãos.

Finalmente, chega a época cansativa e feliz da colheita. Ao trabalho! Ao trabalho!

Desde manhã cedo, sendas, caminhos e estradas ficam negros por causa da multidão. De um lado, a coluna rápida daquelas que, livres em seus movimentos, correm para a tarefa. Do outro lado, mais lento, mas também alegre, o retorno carregado.

Preguiçosa, despertada apenas pelo zum-zum das primeiras partidas, saí do ninho, lentamente, pensativa, um pouco triste. Mas a atividade das minhas amigas me envergonha, me estimula. Eu também corro para a colheita, minha dor embalada, adormecida pelo ritmo do labor.

Os grãos juncam o chão, maduros, sonoros. Sua forma alongada e a fenda que se aprofunda em um lado fazem meu pensamento humano sorrir: não se assemelham, os preciosos grãos, aos pães crocantes que eram colocados na minha mesa? Enquanto minhas mandíbulas recolhem um grão, o sustentam, o levam de volta ao ninho, sinto-me, à esquerda, um homem do povo que caminha feliz, seu bom pão sob o braço. Em poucas horas, esse trabalho fácil está terminado; não há mais nada para colher no pequeno campo. Corramos para outra área.

Os grãos, aqui, ainda não caíram. É necessário colhê-los lá em cima, no topo dos caules. Mas eles estão bem maduros, prontos para escapar. Colheita fácil e divertida. Subi até uma espiga. Minhas patas abrem a casca de cada semente, e minhas mandíbulas puxam o grão, fazendo-o cair. Ao pé do grande caule agitado pelo vento, onde trabalho como se estivesse brincando, minhas amigas recolhem as boas coisas que lanço, levam-nas para casa, onde encontrarei minha parte fortalecedora. Meu pensamento esquerdo sorri ainda: sou uma criança em uma árvore frutífera e jogo grandes frutas alegres para minhas camaradas. Ou ainda, sou uma menininha que desfia pérolas sorridentes.

O trabalho agradável dura alguns dias. Depois, o respigar e o colher não oferecem mais nada. É hora de iniciar a verdadeira colheita. Os grãos menos maduros aderem fortemente à sua casca. Cada um levará muito tempo para se destacar. Será melhor fazer essa tarefa no interior, com calma, tranquilidade, em espigas estendidas e imóveis. Aqui, destacamos toda a espiga. Trabalho rude. Roo o caule no ponto onde a espiga começa. Aristóteles, no entanto, pegou um canto da espiga entre suas mandíbulas, tenazes que não soltarão, e, arqueando-se nas patas traseiras, gira, torce. Aristóteles é muito hábil; contudo, suas patas às vezes me encontram, se crispam sobre mim em vez de se fixarem na planta, me levantam, me arrancam de meu lugar perigoso, meio que me suspendem em vertigens. Enfim, o caule se rompe, o topo útil e pesado cai. Aristóteles apenas teve tempo de se proteger, e eu também quase fui arrastada na queda.

Ajudantes acorrem. Levamos nossa conquista, uma espiga enorme cujas cerdas balançam como antenas demasiado rígidas.

Cansadas por esse grande esforço, não voltamos ao campo. Juntamo-nos às operárias do interior. Descascamos nossa espiga, removemos cada grão de sua casca, como se libertássemos uma jovem formiga de seu casulo de ninfa; armazenamos essas riquezas em um celeiro bem seco. Transportamos para fora do ninho a espiga esvaziada de todos os seus tesouros. Nós a abandonamos em um dos montes de resíduos que formam um cinturão de colinas artificiais para nossa cidade.

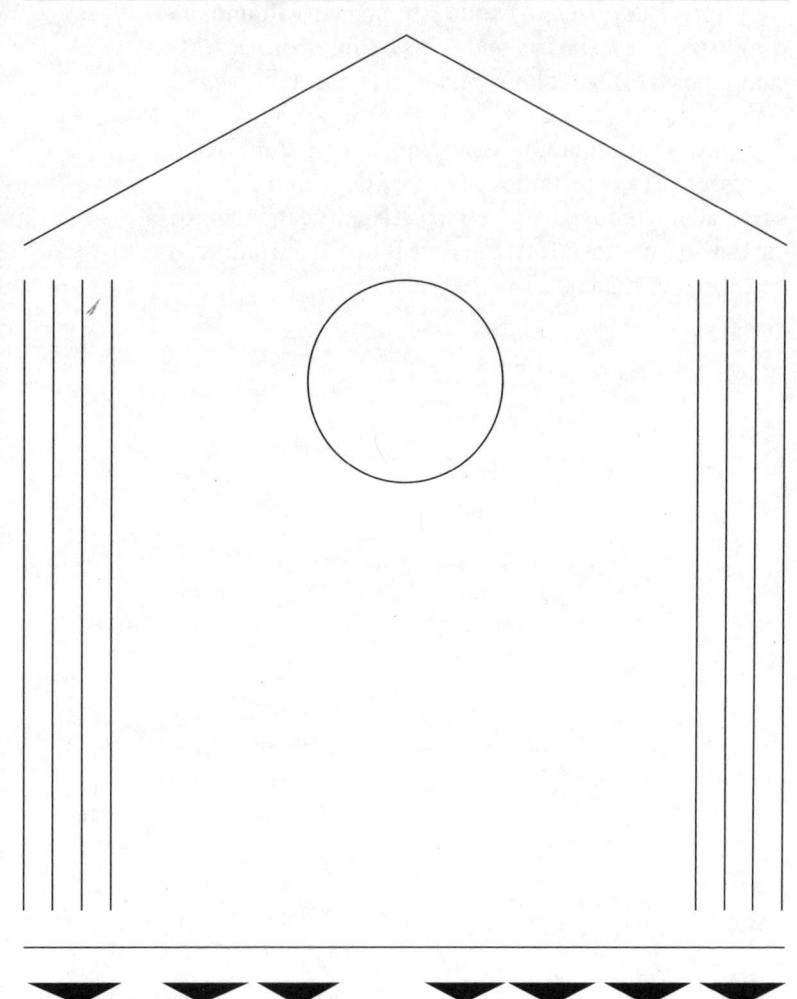

CAPÍTULO XVIII

HAVIA, NOS ARREDORES DO NOSSO NINHO, UMA ÁREA AONDE RARAMENTE ÍAMOS. O SOLO ALI ERA POUCO FÉRTIL E O TERRENO ACIDENTADO TORNAVA TODO TRABALHO PENOSO. ENTRE OUTROS OBSTÁCULOS, havia a poucos passos da cratera duas quedas íngremes, algo como degraus de vinte centímetros cada um — vinte centímetros, mais de trinta vezes a minha altura.

Nas minhas horas de tristeza humana, às vezes eu passeava daquele lado, como um poeta melancólico vagando por uma charneca deserta.

Um dia, descobri ali uma presa excelente e enorme. Era uma grande lagarta. Ela era negra aos meus olhos de então, mas provavelmente seria amarela ou verde aos meus olhos de hoje.

Eu não poderia me apoderar sozinha da presa formidável. Corri para chamar minhas amigas. Encontramos a poderosa presa bem aos pés desses dois degraus de uma escadaria de gigantes; aos pés desses dois degraus que, para nós, eram altos como seriam, para vocês, degraus de cinquenta a sessenta metros.

Lançamo-nos sobre a lagarta, golpeando-a sem piedade. Ela se agitou com desespero, quase imediatamente perdendo a capacidade de fugir. Nossas mandíbulas e ferrões penetravam voluptuosamente em sua carne mole. Logo as convulsões da agonia cessaram.

O difícil era transportar essa presa volumosa até o topo da escadaria gigantesca. Durante horas, nos revezando constantemente, tentamos fazê-la superar a altura colossal do primeiro rochedo. Sempre, no próprio início da escalada, a lagarta caía, arrastando consigo a multidão agarrada ao seu corpo.

Por culpa de minhas reflexões humanas, muitas vezes eu era a primeira a desanimar. Quando Aristóteles estava presente, me envergonhava da minha covardia e raramente ousava abandonar o trabalho. Naquele dia, Aristóteles estava ausente. Eu me afastei com um gesto de indiferença, enquanto minhas camaradas repetiam interminavelmente a ascensão inútil, ferindo-se, obstinadas, com a mesma queda repetida indefinidamente.

Encontrei minha amiga. Pensei que a expedição infeliz seria o assunto de muitas conversas. Certamente lhe apresentariam o problema. Diriam a ela: "Você, tão engenhosa, teria encontrado uma solução?". Já que ela ficava ciente de tudo, apressei-me em contar eu mesma.

Ela foi ver, misturou-se às trabalhadoras, fez parte daquelas que subiam pesadamente carregadas, daquelas que caíam com o fardo rolante.

Uma única vez!... Fiquei muito surpresa em vê-la se afastar após essa única tentativa. Por um longo tempo, ela ficou à distância, imóvel, com as antenas estendidas em direção ao insuperável obstáculo, numa atitude de profunda meditação. Eu permaneci junto dela sem perturbar suas reflexões.

De repente, suas antenas fremiram, resolutas. Depois, ela estridulou um canto triunfal e teve movimentos de uma alegria estranha, movimentos de uma alegria louca que evocaram em meu cérebro esquerdo a imagem de Arquimedes correndo pelas ruas de Siracusa e clamando: "Eureka! Eureka!".

— Venha — disse ela. — Vamos levar algumas camaradas conosco. Você verá.

Lá estávamos nós, numerosas, seguindo Aristóteles; ela se dirige ao formigueiro, entra nele, caminha por muito tempo nos subterrâneos, sem que possamos imaginar para onde vai.

Enfim ela para, antenas tensas, gira em torno de si mesma. Depois, suas antenas tocam as superfícies das paredes, longamente, lentamente, como se buscassem alguma coisa ali. Seus palpos e patas dianteiras também estudam.

Ela se vira para mim e diz:

— Sigam-me, alargando o buraco que vou cavar.

Transmito a ordem. E, sem outra explicação, metemo-nos nesse trabalho cujo objetivo não prevíamos.

Tal é a nossa confiança no espírito de Aristóteles: trabalhamos horas a fio, sem perguntar o que fazemos, o que queremos, para onde vamos.

De repente, a luz nos cega. A espessa muralha foi perfurada. Saímos atrás de Aristóteles. E cantamos nossa admiração e nossa alegria. Pois emergimos na base do obstáculo, invencível pela força e pela habilidade, derrotado pela genialidade de nossa amiga. Engatamo-nos, triunfantes, em nossa presa, a arrastamos para os subterrâneos e fechamos ligeiramente a abertura que se tornou desnecessária.

CAPÍTULO XIX

HAVIA MUITO TEMPO QUE NENHUM INCIDENTE INQUIETANTE OCORRIA. TÍNHAMOS ESQUECIDO AS ANSIEDADES CAUSADAS PELA MATILHA QUE ME PERSEGUIU, RENOVADAS PELA PRESENÇA INEXPLICÁVEL DA ESTRANHA.

Trabalhávamos tranquilas, felizes, completamente envolvidas na colheita frutuosa.

— O ano é excelente — repetia Aristóteles frequentemente.

Não tomávamos nenhuma precaução. Nenhuma sentinela guardava as portas. Ocorria que estivéssemos todas do lado de fora, ocupadas colhendo os grãos.

Naquele dia, fazíamos a colheita de nosso último campo, o maior, o mais fértil, mas o mais distante. Trabalhamos nele o dia todo sem retornar ao ninho. Armazenávamos a colheita nos diversos abrigos ao longo da interminável estrada. Na nossa pressa, até congestionávamos túneis e caminhos abobadados. À noite, ao voltar, levaríamos o que pudéssemos, o que estivesse menos protegido. O transporte do restante seria feito mais tarde. Hoje, uma tempestade ameaça e precisamos salvar o máximo possível de grãos antes que a chuva, o granizo, talvez, os derrube sobre o solo repentinamente enlameado. Além disso, esse campo, muito vasto, com limites desconhecidos, não pertence apenas a nós. Os humanos o devastam todos os anos. Parece que já estão lá, do outro lado, saqueando-o. Mesmo que a tempestade caia mais longe, é urgente colher o máximo possível, porque amanhã as horrendas montanhas que andam com dois pés provavelmente estarão onde estamos e, com alguns golpes de suas enormes mandíbulas artificiais, com as quais estendem suas imensas patas, derrubarão todas as espigas.

A noite chegou, cedo demais para o nosso gosto. Estava quase completamente escuro quando decidimos voltar. Eu ia muito na frente com Aristóteles. Um grão pequeno era minha leve carga. Assim que chegávamos ao topo de uma colina, parávamos para descansar e nos levantávamos para admirar, espetáculo poderoso, esse exército pacífico que marchava, transportando riquezas, sob os raios amigos da lua, cada vez mais raros, cada vez mais devorados pelas nuvens hostis.

Pela última vez, no topo da cratera, orgulhosamente contemplamos a grande multidão em movimento, quando, no momento de descer, Aristóteles, com suas antenas repentinamente inquietas, me fez uma recomendação de prudência.

— O que há? — perguntei.

— Não sei ao certo. Mas está acontecendo algo de assustador.

Ela continuou, depois de descansar:

— Não se mova... Não faça barulho...

Com as antenas estendidas em direção ao ninho, ela aspirou.

— Você não está sentindo nada? — perguntou.

— Cheira mal.

Suas antenas disseram, furiosas:

— É cheiro de estrangeira!

No mesmo instante, muitas formigas saíam em massa do nosso ninho, lançavam-se sobre nós, nos empurravam e nos faziam rolar para fora da cratera. Tivemos que fugir precipitadamente. Tenho orgulho de não ter abandonado minha carga durante a fuga.

O inimigo não nos persegue. Corremos até nossas primeiras companheiras. Explicamos a elas o que acontece: durante nossa ausência, a cidade foi invadida, não por estrangeiras da nossa espécie, mas por formigas ignobilmente desenhadas, com cabeças pequenas e pecíolo deselegante. (Desde a minha *anamorfose*, tentei identificar nossas inimigas daquele dia. Balbuciantes comparações entre minha visão da época e minha observação atual sussurram-me que essas formigas deviam pertencer à espécie chamada pelos mirmecologistas de *Formica rufibarbis*.) Permitiríamos nós, nobres *Aphaenogaster barbara*, sermos expropriadas por vis *rufibarbis*?...

No entanto, as plantas fremiam com a aproximação da tempestade. No céu que se tornara negro, um lado inteiro era um clarão branco no meio do qual tremeluzia um raio.

A fúria nos toma, assim como o temor de ainda estarmos fora em breve, sob a chuva que fustigaria, entre as ervas que se agitariam em desvario, no pânico dos seres e das coisas.

Continuamente, novas formigas chegavam e estávamos neste ponto transbordando a estrada como um rio batendo em uma barragem e se espalhando para além de suas margens em um imenso lago negro.

Da chegada contínua de nossas camaradas surgia uma força crescente que nos impelia em direção à vingança, à pátria e à segurança a reconquistar.

— Avante, avante! — diziam todas as antenas.
— Avante, avante! — repetiam todas as atitudes.
— Avante, avante! — cantavam músicas belicosas.

E revi, em meu cérebro esquerdo, o ser de violência que um dia se ergueu, punhos cerrados, boca largamente aberta, clamando a *Marselhesa*.

Aristóteles e eu como batedoras, as outras a cinco ou seis comprimentos atrás de nós, avançamos.

Mas as invasoras saem, lançam-se em nossa direção. A marcha rápida, a cabeça erguida, as mandíbulas entreabertas, elas são formidáveis. Meu cérebro esquerdo lembra-se de uma enorme cadela que, porque me aproximei demais de seus filhotes, lançou-se sobre mim, com pelos eriçados e dentes ameaçadores. Tenho medo. Olho para Aristóteles, que hesita. E então, de repente, um raio que nos cega parcialmente, que torna toda a cena horrivelmente infernal, que arma fantasticamente nossos inimigos, nos precipitando em uma fuga apavorada.

Fugimos e, à nossa frente, toda a tropa corre em pânico, descontrolada. Detemo-nos somente no local da primeira parada, onde cantávamos corajosamente: "Avante, avante!".

E novas compatriotas continuam chegando carregadas, querem prosseguir sua marcha, obrigam-nos a dar explicações onde, para dominar nossa vergonha, e também porque no clarão tudo nos tinha realmente parecido enorme, crescíamos inimigos dos acontecimentos.

A chuva cai, pesada. Cada gota violenta é uma ferida. Ficaremos aqui debaixo da tempestade que começa, nos deixaremos afogar na próxima inundação, nos deixaremos ser esmagadas pela queda repetida das gotas brutais?

Sentimos a inutilidade de um novo ataque neste momento em que tudo está contra nós. Corremos, desordem incontável, ao pé e sobre o tronco da árvore mais próxima.

Lá, há queixas, lamentações covardes; é a perda absoluta de todo o sangue-frio, de todo o poder de estudar a situação; é a derrota de nossas faculdades de prever e prover.

— Está tudo perdido! Está tudo perdido! — repetem as antenas.

E elevam-se músicas de uma tristeza lancinante.

Não é este o começo da morte de todo um povo?...

Sob a tempestade, nossa árvore se agita, ameaça romper. Ela nos abriga do vento, mas a chuva já atravessa sua folhagem pobre, caindo sobre nós com folhas, com ramos, com galhos.

E eis que caem enormes pedras redondas de granizo.

Eu pergunto a Aristóteles:

— Você não vai encontrar nenhuma maneira de nos salvar?

— Estou procurando — responde minha genial amiga.

Imploro, trêmula:

— Você não está desistindo de encontrar, não é?

— Eu nunca desisto...

Ela acrescenta:

— Suas palavras me incomodam. Deixe-me refletir.

Ela se afasta em grandes passos pensativos. Sigo-a de longe. Logo, ela desaparece nessa horrível barafunda tremulante. Sinto-me sozinha, no meio do egoísmo dos desesperos.

Ela volta, valente, engenhosa, aquela que tem mil soluções. Suas antenas dizem:

— Estamos salvas. Sigam-me.

Minhas antenas tremulam sobre as antenas mais próximas:

— Aristóteles diz que estamos salvas. Sigam-nos.

A palavra de ordem se transmite, rápida, por toda a multidão. A maioria vem. Várias perderam toda a coragem, toda a força de esperança, e ficam lá, apatetadas, esperando pela morte ou pelo milagre.

Ah! A marcha difícil e perigosa, entre rios desconhecidos e mares inesperados cavados pela tempestade, sob a chuva contundente, sob o granizo que mata, sob o chicoteamento da relva e a queda da galharia, no longo assombro tateante da noite, no pânico brusco dos relâmpagos! Quantas de nossas amigas morreram, afogadas ou esmagadas! Quantas se perderam, vagando isoladas pelo imenso atoleiro dos perigos!

Tenho a impressão angustiante de que nosso número diminui a cada passo. Não ouso olhar ao redor de mim, constatar o quanto somos poucas, o quanto somos menos. E ignoro para onde estamos indo, um exército a cada instante dizimado, exército errante e sem refúgio, exército continuamente derrotado sem combate.

Agora descemos, uma queda que degringola em desordem nos dois gigantescos degraus aonde vamos tão raramente. E ao pé da escada, em uma lama pegajosa, que atola, sob a cólera diminuída da chuva, mas sob a nova fúria de uma catarata, paramos.

O clarão de um relâmpago vibra, mostrando-me Aristóteles trabalhando. Suas mandíbulas raspam a terra fina, reabrindo a galeria escavada outro dia para introduzir a lagarta em nosso tesouro. Eu compreendo. Uma alegria de libertação e triunfo me toma. E as músicas que estridulo dão às nossas companheiras uma esperança ignorante, mas poderosa.

Retornamos à citadela da qual pensávamos ter sido exiladas para morrer. Por longos e prudentes desvios penetramos nos subterrâneos mais baixos. A tempestade afugentou nossas inimigas para lá. Nós as atacamos na noite profunda, em seu sono ou no sobressalto aterrorizado de um despertar mais paralisante que um pesadelo. Há muito tempo, a cratera inundada tornou inacessível, elas sabem, a entrada do formigueiro, e elas não podem conceber que estamos ali. O pasmo as deixa quase imóveis. Uma fuga desesperada as lança no labirinto obscuro da noite, obscuro de ignorância, obscurecido por terrores. Iluminadas pelas tochas moventes de nossas lembranças, as perseguimos, com uma alegria selvagem, a todos refúgios para onde o medo as dispersa. O formigueiro é uma armadilha imensa onde matamos por toda parte, nas galerias estreitas, nas vastas salas, nos cruzamentos, nos becos sem saída. Estrangeiras se escondem atrás dos grãos, estúpidas, como se não estivesse escuro, como se seu cheiro de presa já meio apodrecida não fosse o único guia de nossa caçada implacável. Outras fogem, fogem sempre diante de nossa perseguição incansável, precipitam-se até a parte inundada da cidade, escapando de nossas mandíbulas apenas para morrer afundadas em uma lama espessa. Uma hora após nossa entrada, não restava mais uma única *rufibarbis*.

Apesar do sucesso que nos enche de orgulho, amaldiçoamos os abomináveis agressores: muitas de nossas camaradas pereceram na tempestade e nossas pobres crianças, larvas e ninfas, pelas quais as estrangeiras não demonstraram nenhuma preocupação, as quais nem mesmo levaram para baixo, foram afogadas lá em cima, no primeiro túnel.

Vários dias tristes foram dedicados ao transporte de tantos cadáveres para o cemitério, a pôr em ordem o tesouro, infelizmente bem enriquecido, da morte.

As *rufibarbis* não receberam nenhuma honra. Elas foram jogadas sobre montes de lixo, no meio das barbas de espigas e da vazia inutilidade das cascas de grãos.

CAPÍTULO XX

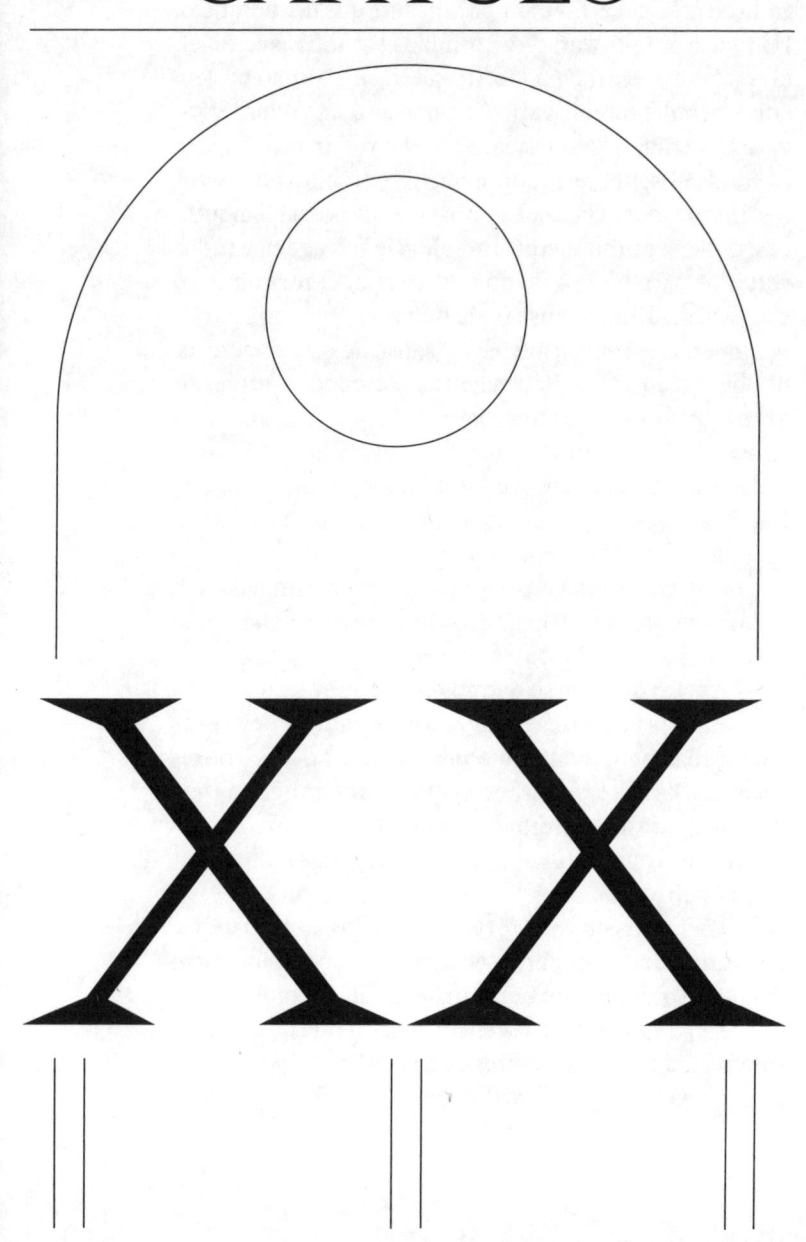

OS GRANDES TRABALHOS DA COLHEITA HAVIAM TERMINADO. ESTÁVAMOS EM UM PERÍODO DE RELATIVO REPOUSO. DEPOIS DE LONGOS SONOS, PASSEÁVAMOS EM BUSCA DE ALGUMA PRESA OU NOS ENTREGÁVAMOS a intermináveis conversas. Nossa higiene também ocupava parte do nosso tempo. Eu observava Aristóteles lamber seu tórax, suas patas, seu abdômen ou passar e repassar suas patas anteriores em lenta fricção sobre sua cabeça inclinada, o que me fazia evocar as posturas dos dois gatos que rondavam minha casa humana.

Éramos também indivíduos que têm lazeres e brincam entre si. Além da conversa, essa alegria, nossas distrações eram divertimentos ginásticos, sobretudo corrida e luta. Colocávamos duas, três, até sete ou oito em frente a uma de nossas estradas mais belas e menos acidentadas. Uma camarada posicionada um pouco à frente no aterro se erguia repentinamente, toda reta, ampliada ainda mais por suas antenas erguidas como um duplo penacho tremulante. Seu gesto era o sinal de partida.

Nossas seis patas sempre se apressavam em direção ao mesmo ponto. O objetivo era sempre o mesmo: a cratera, lá longe, que representava descanso, segurança e alegrias suaves, a boa cratera erguida para o céu, arquitetura de terra e memórias, que nos falava como o campanário da vila fala para o homem simples que nasce, vive e morre na mesma cabana.

Com mais frequência, uma de nós abordava uma camarada do mesmo tamanho, de força mais ou menos igual, e a desafiava para a luta. A provocadora acariciava com suas patas a cabeça da amiga provocada e suas antenas dançavam rapidamente. Raramente falávamos para o desafio. A postura, o toque das patas e a dança pueril das antenas eram suficientes para expressar nosso desejo.

As antenas da camarada repetiam a mímica alegre, como os braços de um lutador, nas cortesias que precedem os esforços opostos, cumprimentam o adversário.

Então, prontamente, as duas formigas alegres se erguiam nas patas traseiras e agarravam-se com as duas patas anteriores, com as mandíbulas também, mas com mandíbulas amigas que não apertariam, que não machucariam. E a luta pacífica começava.

Se nos sentíamos enfraquecer, nos soltávamos com um empurrão rápido e um deslize ágil. Mas voltávamos, bruscamente, tentando agarrar o adversário de forma mais favorável. Às vezes, por longos minutos, nos abraçávamos, nos libertávamos, atacávamos de novo, nos derrubávamos, nos levantávamos, com um ardor que não se cansava, com um amor-próprio que não permitia que nenhuma de nós se reconhecesse como derrotada.

Raramente eu lutava. Preferia observar, desfrutar pelas minhas duas mentes: uma que via com meus olhos da época, outra que se lembrava. Pois em meu cérebro esquerdo sorriam imagens agradáveis: sob uma tenda, lutadores nus, em movimentos que realçavam a juventude forte e flexível de suas formas, se apertando, se torcendo e se erguendo. Como o céu noturno ganha vida com estrelas, o espetáculo recebia uma vida abundante de tantos olhares curiosos. E um longo silêncio de espera vibrava, como se estivesse tenso, para então crepitar em unânimes aplausos.

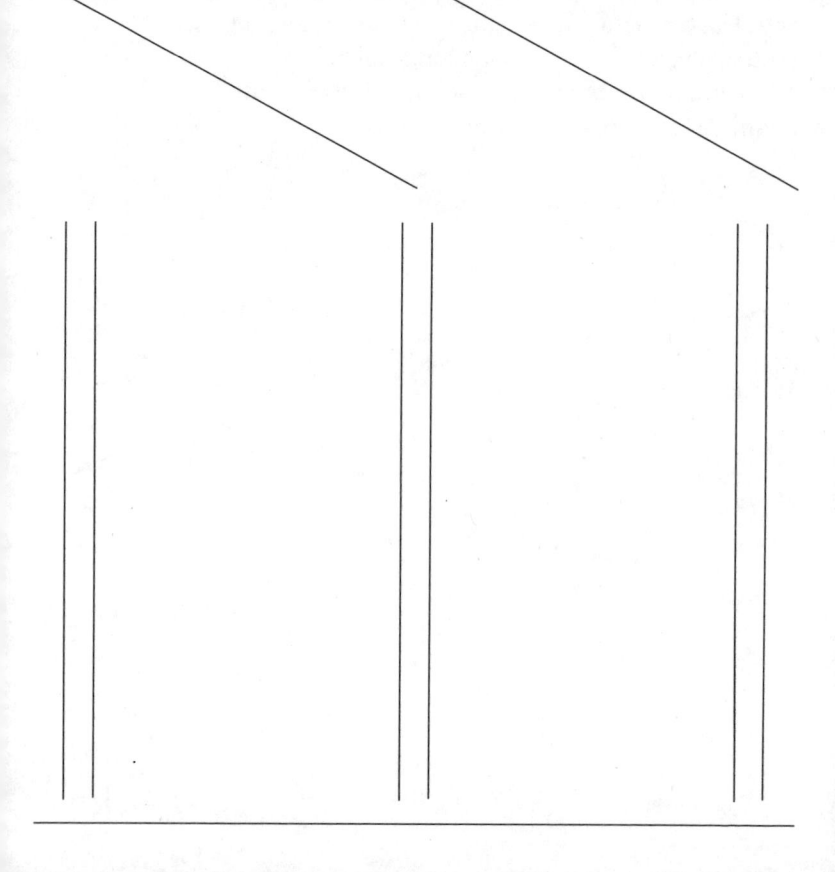

CAPÍTULO XXI

O GRANDE TEMPORAL QUE TORNOU TÃO MORTÍFERO NOSSO EXÍLIO DE UMA HORA TAMBÉM NOS CAUSOU MUITOS DANOS MATERIAIS. FALO APENAS PARA LEMBRAR DA CRATERA E DAS GALERIAS SUPERIORES obstruídas pelos depósitos da inundação, que tiveram de ser penosamente limpas. Isso não passava de trabalho, e o trabalho sempre nos encontrava prontas. Mas a tempestade diminuiu nossas riquezas de uma forma sem dúvida irreparável: ela afundou na lama espessa as tanchagens e margaridas que cercavam o ninho, e todo nosso gado pereceu miseravelmente.

Até agora, não tive a ocasião de falar de nossos costumes pastorais e das consideráveis fontes de recursos que o gado nos fornece.

Alguns insetos secretam um xarope claro e açucarado, que é excretado em gotículas periódicas pelo ânus deles. Essas gotas formam um alimento reconstituinte e agradável. Parece que certas formigas do gênero *Lasius* não têm outra fonte de alimentação. Um tal regime nos teria parecido insuficiente. Precisávamos principalmente de trigo e da carne de insetos. Mas esse tipo de leite açucarado era muito apreciado como guloseima, trazia uma agradável variedade às nossas refeições e, em suma, nossos rebanhos eram uma riqueza nada secundária.

Os insetos que fornecem esse alimento são bastante numerosos. Entre eles, os *claviger*, pequenos coleópteros cegos, habitam o interior do formigueiro. Certas espécies de pulgões também permanecem debaixo da terra, presas às raízes. Mas a maioria, pulgões ou cochonilhas, vive em folhas ou caules. E nossa riqueza pastoril consistia quase exclusivamente em pulgões de tanchagens e margaridas. Após a tempestade, as plantas foram se reerguendo pouco a pouco, mas despovoadas, pobres pradarias sujas e sem rebanhos.

Um dia, uma de nossas companheiras chegou de longe, correndo, sem fôlego, e suas antenas não pararam de contar durante horas, para uma ou para outra. Ela havia descoberto pulgões que a tempestade havia poupado porque habitavam uma grande árvore. Mas eles pertenciam a uma espécie de formiga menor do que as menores dentre nós. As formiguinhas haviam avistado nossa amiga, que teve grande dificuldade em escapar delas.

A partir desse momento, essa notícia se tornou o único assunto de conversa. Lamentávamos muito que os pulgões descobertos não fossem livres, bons para serem domesticados. Íamos em bandos ver de longe a grande árvore rica, cujos tesouros pertenciam, infelizmente!, a estrangeiras.

Aumentava o desejo de possuir esses pulgões. Finalmente, todas nós rogamos a Aristóteles para organizar, a qualquer custo, a conquista do rebanho.

A empreitada não era fácil. Os pulgões passam cinco sextos de suas vidas sugando a seiva das plantas, com a tromba profundamente enfiada na folha ou na casca. Desprender um pulgão sem romper sua tromba é uma tarefa de paciência e precaução impossível na confusão de uma batalha. E certamente os proprietários não deixariam roubar suas preciosas riquezas sem combate. Além disso, a maioria desses rebanhos estava confinada em estábulos. Quero dizer, protegida por pavilhões de terra construídos na casca da árvore nutridora e que podem ser penetrados apenas por uma abertura estreita.

Aristóteles respondeu às nossas solicitações com uma exposição dessas graves dificuldades. Ela alegava que cada pulgão removido custaria a vida de nove ou dez de nós. Nessas condições, a expedição era uma loucura completa.

Mas estávamos realmente ficando loucas.

Os grandes defeitos da formiga são a gula e a raiva, especialmente uma espécie de raiva orgulhosa, a fúria diante do obstáculo que permanece invencível por inércia e como que zombaria, a irritação quando seres e coisas não cedem ao nosso desejo, ao nosso esforço, ao poder de nosso gênio e de nossa vontade. A formiga tem um vivo sentimento de sua superioridade e não entende que nem tudo se curva diante do gesto orgulhoso de suas antenas. Ela é a autoritária exasperada pela resistência, o ser que merece muito, que acredita merecer tudo, e se indigna diante da recusa das coisas como uma intolerável injustiça, e ataca furiosamente essa injustiça até o triunfo ou a morte. Gula, orgulho, cólera, só conhecemos três pecados capitais (pois aqueles que nos acusaram de avareza se mostraram como caluniadores bem superficiais, e somos generosas para com nossas compatriotas), mas nossos três pecados capitais valem os sete de vocês, pobres homens com paixões amortecidas por tantas servidões, vocês que misturam ao vinho já pouco generoso de sua natureza tanta água do charco social.

Nossas três loucuras, aqui, nos empurravam para a mesma direção, nos atropelavam para o mesmo impasse, tornavam-se uma febre cada vez mais exacerbada. À noite, sonhávamos com pulgões. Nossas antenas se agitavam, com os movimentos rápidos e alternados que acariciam o abdômen do animal para pedir a gota doce. De manhã, acordávamos infelizes, indigentes entre nossas riquezas desdenhadas. Não nos encontrávamos mais sem dizer:

— Precisamos de pulgões!

Isoladas ou em bandos, várias tentaram roubar um pouco desse leite do qual a sede nos torturava. Todas elas pereceram, vítimas de sua ávida cobiça.

Por mais que Aristóteles nos pregasse o calmo desprezo pelos bens que não possuímos, nos elogiasse o sabor doce do trigo que se transforma em açúcar, o sabor selvagem da caça abundante: desejávamos apenas o que nos faltava, e cada vez mais nossa gula exclusiva nos impelia para as piores aventuras. Todas, uma após a outra, estávamos dispostas a nos sacrificar para tentar conquistar uma gota de leite.

Aristóteles, vencida por nossa obstinação, finalmente prometeu organizar a conquista. Pediu dois dias para os estudos preliminares e nos pediu para desistir das fatais tentativas isoladas.

O prazo passou e a expedição ocorreu. Nunca talvez o gênio de minha amiga tenha se manifestado tão admirável.

Ela havia usado os dois dias para estudar os hábitos das formigas proprietárias. Sabíamos que o ninho delas estava a alguma distância à direita da árvore onde se erguiam os estábulos, e adivinhávamos que a árvore e o formigueiro se comunicassem por um largo túnel.

Aristóteles dividiu todo o nosso exército em quatro corpos de forças desiguais. O primeiro, composto apenas de soldados gigantes, avançou contra os inimigos que estavam à direita do seu formigueiro, atraindo logo todo o esforço da defesa para aquele ponto.

As *Lasius* — era a essa espécie que nossos adversários deviam pertencer — são formigas muito mais fracas do que as *Aphaenogaster*. Além disso, não possuem nenhum talento militar e suas tropas desconhecem os movimentos coordenados. Mas a população do formigueiro que estávamos atacando era extremamente numerosa.

Elas se precipitaram sobre nossos soldados, horda incontável. Agarravam-se às pernas e paralisavam os movimentos. Enquanto dez ou doze garroteavam um de nossos gigantes, outra *Lasius* o perfurava com seu ferrão e injetava seu veneno. Mas quase sempre nossas patas vitoriosas faziam rolar os atacantes feridos e nossas mandíbulas se abriam e se fechavam, rápidas, esmagando, com um gesto automaticamente repetido, cabeças, cabeças, cabeças! Nossas fracas adversárias perdiam vinte vezes mais combatentes do que nós.

Enquanto isso, uma tropa de nossos soldados cercava a base da árvore. Um batalhão menor tinha se introduzido no túnel e, em várias fileiras ameaçadoras, bloqueava a passagem. Na árvore completamente abandonada, e que o inimigo não podia mais socorrer por nenhum caminho, nossas operárias agarravam os pulgões, os arrancavam e os levavam embora. Eles eram abrigados na casca de uma árvore vizinha ao nosso formigueiro, onde logo construiríamos bons estábulos para eles.

Quando o rebanho foi totalmente retirado, Aristóteles correu para pôr fim ao inútil combate. Nossos soldados retornaram em boa ordem, sem serem perturbados.

Aristóteles afirmava que, se tivéssemos continuado o ataque, o exército inimigo logo teria fugido, em debandada. Parecia que eles lutavam apenas para ganhar tempo. No entanto, as outras *Lasius* haviam barricado seus túneis com torrões de terra e, como mineradores rápidos, estavam cavando apressadamente longos túneis para instalar ao longe uma nova cidade.

Essa opinião me parecia bastante extraordinária. No dia seguinte, tive a curiosidade de ir ver. Aproximei-me cautelosamente, pronta para fugir. Mas eu viajava ali em solidão. Cheguei ao formigueiro das *Lasius*, um simples buraco ao rés do solo sem nenhuma proteção. Com efeito, uma pedra o fechava hermeticamente. Minha curiosidade era bem forte. Tentei levantar a porta pesada demais. Depois, desistindo desse esforço inútil, cavei ao lado e entrei, toda trêmula, na armadilha assustadora. O formigueiro estava vazio. A terra recentemente revolvida indicava os canais de comunicação escavados e preenchidos no dia anterior. Passei muito tempo vagando, pensativa, na imensa cidade morta à qual só faltavam habitantes. No entanto, enquanto meu pensamento do lado direito revivia nossos bandos cruéis, meu cérebro esquerdo avistava um vulcão lançando lava e chamas. Eu estava olhando para um formigueiro abandonado, mas minhas memórias evocavam as ilustrações de um livro grande e sussurravam um nome melancólico: Pompeia.

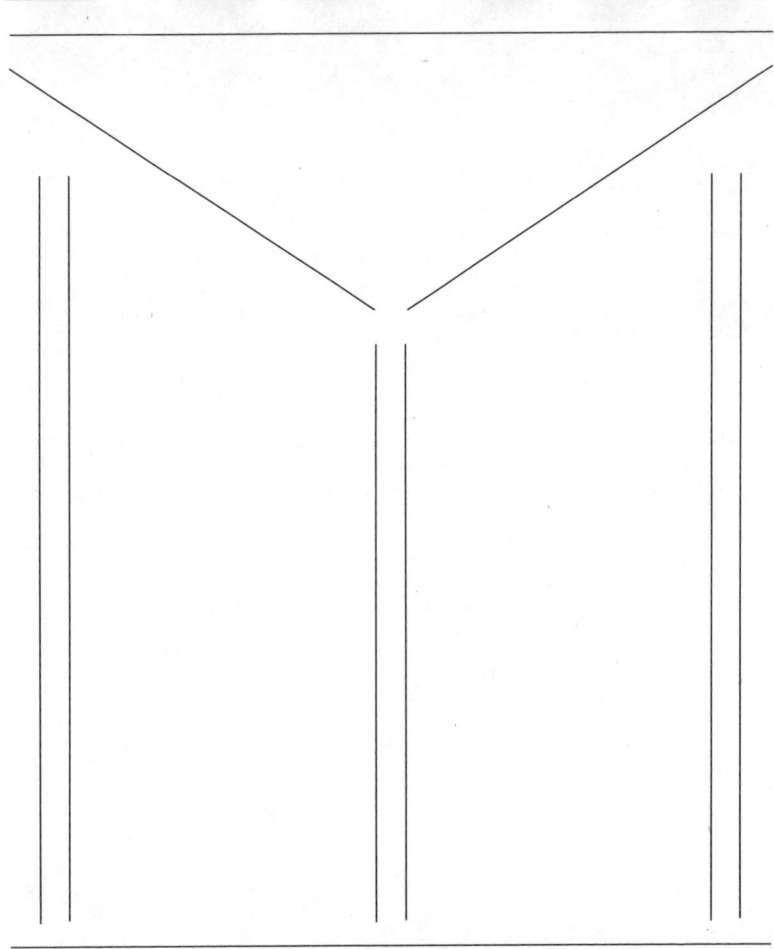

CAPÍTULO XXII

UMA CIDADE HUMANA NÃO CONTÉM APENAS HOMENS. ELA TAMBÉM ENCERRA ANIMAIS ÚTEIS, ANIMAIS DE ESTIMAÇÃO E ANIMAIS NOCIVOS: CAVALOS, CÃES, GATOS, RATOS, camundongos. Um formigueiro também contém diferentes tipos de populações.

Algumas espécies de pulgões cegos vivem nas raízes que atravessam nossas galerias. Os *claviger* também levam uma vida subterrânea. Ambos fornecem gotas de xarope análogas às dos pulgões do lado de fora, mas de qualidade muito inferior, alimento para os dias de fome, e não um deleite suculento. Mas alguns nos agradam com seus movimentos graciosos, outros nos alegram com seu desajeitamento, e os toleramos um pouco como animais úteis, um pouco como animais de estimação.

Certos insetos pertencentes à família[12] dos estafilinídeos são apenas animais de estimação, coisas levemente vibrantes para acariciar as antenas, deleites para os olhos, elegâncias diferentes de nossa elegância ou visões de vida grotescas e caricaturais.

Por outro lado, nosso ninho tinha hóspedes terríveis como os ratos, que são capazes de devorar os filhos dos homens. Na espessura de nossas divisórias, pequenas galerias se abriam, inacessíveis para nós, que abrigavam os ogros. Eram formigas pretas (amarelas aos olhos humanos), muito pequenas, alongadas, com movimentos de relâmpagos rápidos, angulados, deslizantes. Os entomologistas conhecem esse monstro de pesadelo e o chamam de *Solenopsis fugax*. As horrendas tocas que as *Solenopsis* cavavam no coração de nossa cidade se abriam quase todas para as câmaras das larvas. Diante de nossos olhos, os lapídeos inimigos vinham, com um único movimento de suas mandíbulas, arrancar um pedaço de carne tenra e depois fugiam para seus covis inacessíveis.

Mas assim como vocês têm gatos, porcos-da-índia e cães rateiros contra os camundongos e ratos, tínhamos, para dar caça a esses ogros, diversos coleópteros

---

12 Embora no original se leia *ordre* ("ordem"), a classificação científica mais adequada seria, neste caso, "família". (N.E.)

carnívoros, da família[13] dos estafilinídeos, assim como nossos amigos inúteis. Esses bravos penetravam para batalhas obscuras nos esconderijos mais assustadores ou, durante longas horas pacientes, espreitavam e, assim que um devorador de crianças aparecia, com um único salto, rápido como a vingança, inevitável como a justiça, agarravam o ser infame e, sem se dar ao trabalho de matá-lo primeiro, comiam sua carne toda em convulsões.

Outros hóspedes são aceitos porque, nutrindo-se de detritos de todos os tipos, limpam e saneiam o formigueiro. No inverno, esses varredores fazem todo o trabalho; na bela estação, eles tornam o trabalho de nossas donas de casa menos pesado.

Não descreverei esses diferentes insetos e não contarei nenhuma das cenas em que os vi desempenhar papéis. Eu apenas quis destacar esse elemento de variedade na minha vida de formiga e lembro com gratidão que, durante os dias ruins, quando estávamos privadas do mundo exterior, rico espetáculo de vida, esses pequenos animais formavam uma companhia divertida e forneciam um excelente recurso contra o tédio.

---

13 Vide nota 12, página 178.

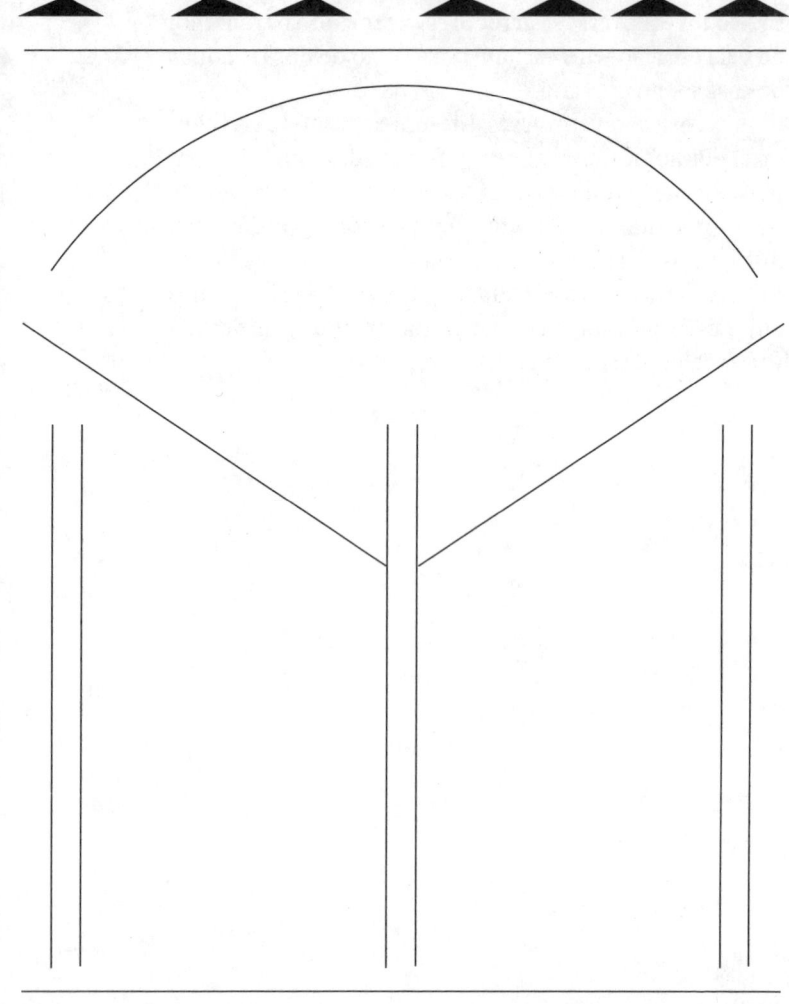

CAPÍTULO XXIII

O ROUBO DE REBANHOS QUE RELATEI NO CAPÍTULO XXI DEVE TER OCORRIDO NO FINAL DO VERÃO. LEMBRO QUE O AR ESTAVA MUITO QUENTE E QUE OS MACHOS E AS FÊMEAS COMEÇAVAM A ECLODIR.

Desde a grande tempestade que matou tantos adultos e destruiu todas as crianças, estávamos desconsoladas com nossa diminuição em número e poder. Fizemos todo o possível para reparar prontamente nossas perdas. Nossas três fêmeas, cevadas com alimentos estimulantes, colocavam o dobro de ovos do que o habitual. Em vez de confiarmos quase que exclusivamente nos estafilinídeos para a luta contra as formigas-ogros, deixávamos constantemente um cordão de sentinelas ao redor de cada sala de ovos, larvas ou ninfas. Patrulhas procuravam as entradas dos ninhos de *Solenopsis*, as bloqueavam e dois soldados permaneciam diante de cada antiga abertura.

Graças a essas medidas extraordinárias, as *Solenopsis* haviam praticamente desaparecido, esmagadas entre nossas mandíbulas ou mortas de fome, e as numerosas jovens começavam a alegrar a cidade.

Finalmente, a terra, impregnada de calor, anunciava a proximidade do momento da fecundação. Mais alguns dias e seríamos enriquecidas com uma ou duas fêmeas reprodutoras que, durante toda a sua vida, povoariam nosso ninho. Na primavera, seríamos mais poderosas do que antes do desastre.

Com que cuidado alegre libertamos os machos e as fêmeas de seus casulos! É um trabalho ainda mais delicado do que o parto das operárias. Pois o inseto emerge do sono ninfal com pobres asas todas enrugadas, que precisam ser estendidas sem rasgar o tecido delicado. Esses quatro leques com nervuras finas e tecido delgado, dobrados sem cuidado pela natureza indiferente, enrolados junto ao resto do corpo na mortalha apertada, quase se encaixam no tórax e no abdômen; e as dobras de cada um se misturam, absurdas, com as dobras dos outros três. É preciso separá-los, afastá-los do corpo, desdobrá-los sem rasgar um pedaço de tecido, sem torcer ou quebrar uma nervura.

Em seguida, é preciso alimentar esses seres muito jovens, mal despertados de seu nascimento e que, além disso, permanecerão desajeitados, inábeis para qualquer tarefa prática, incapazes de encontrar comida por si mesmos e levar o alimento à boca. Pois no país das formigas, onde a maioria não tem sexo, os seres sexuados são naturalmente os mais ineptos dos especialistas.

É preciso exercer uma vigilância severa sobre os machos. Se as fêmeas são, até as febres do dia nupcial, apenas tolas, os machos, desde a primeira hora, ficam loucos. Assim que conseguissem andar, iriam aleatoriamente, dispersos, perdidos por todo o formigueiro, saindo quando a saída estivesse à frente deles, continuando sua marcha embriagada em qualquer direção, entregando-se ignorantes a todos os perigos, pobres seres sem razão e sem estímulo, formigas com nobres asas, mas com mandíbulas sem força e sem habilidade, incapazes de se defender contra o menor inimigo ou contra a fome. Felizmente, os reunimos nas mesmas câmaras, não os deixamos escapar um instante de nossos cuidados e, mesmo quando os levamos para tomar ar fora do formigueiro, os mantínhamos como um rebanho de insensatos.

Eu via a fraqueza deles, a falta de inteligência, a falta de habilidade; sabia que eles estavam destinados, em poucos dias, assim que se tornassem inúteis, à morte. No entanto, não conseguia deixar de admirar sua elegância esbelta, seus olhos brilhantes, seus ocelos mais límpidos e seus olhos cortados em facetas mais numerosas. Tinha inveja de suas asas transparentes e delicadas. Por longos momentos, eu observava o tecido maravilhoso e cada nervura fina era para mim uma beleza contemplada com inveja.

Quando Aristóteles passava, ela me dizia:

— Aí está o bruto que você gostaria de ter sido, há algum tempo, quando, sem asas, você tinha a loucura das asas!

Eu não respondia nada. Mas eu tinha mais do que nunca a loucura das asas. Mais do que nunca, eu teria gostado de me tornar um desses pobres seres com uma vida miserável, brinquedos de todas as operárias e que logo morreriam de fome ou sob nossos golpes, mas que morreriam, sem dúvida, em um êxtase, embriagados de beijos.

As fêmeas me pareciam menos belas, grandes e gordas demais. A cabeça não tinha a finura tênue da cabeça do macho. O tórax era mais maciço e, principalmente, o abdômen. Mas também tinham asas e em breve, no azul, retribuiriam os beijos recebidos. Esse pensamento me comovia. Eu passava horas perambulando ao redor dessas criaturas pesadas no subterrâneo, mas cujo voo, sem dúvida, seria belo como um sonho.

Havia uma em particular cujas proporções me pareciam quase nobres, cujos olhos eram mais cintilantes, os ocelos mais límpidos e as asas de um tecido mais fremente. Eu vivia quase sempre junto dela. Alimentava-a com as iguarias mais delicadas, a protegia contra as grosserias das operárias.

Surpreendiam-se ao ver minhas antenas acariciando as dela por minutos a fio em uma conversa animada. Perguntavam:

— O que você tem para dizer a essa imbecil?

De fato, ela não tinha muita conversa. Era eu quem falava quase o tempo todo para antenas desajeitadas, tolas, inábeis para o pensamento preciso e para a expressão. Mas eu estava feliz como se uma bela jovem, quase muda de timidez, respondesse às minhas amizades com apertos de mãos comoventes. Pois muitas vezes a pobrezinha — que meu pensamento desajeitado chamava de Maria por sua ingenuidade — me estridulava músicas agradecidas.

Na véspera do dia em que seria permitido acasalar a todos esses pobres seres, redobrei minhas atenções. No entanto, eu estava corroído por um terrível ciúme. Minhas antenas disseram às pobres antenas desajeitadas:

— Que pena que eu não seja um macho!

Maria chorou uma música dolorosa, mas suas antenas não responderam. Perguntei:

— Você não lamenta que eu não seja um macho?

Oh! A beleza de seus olhos carregados de mil pensamentos, de mil sentimentos, e da vontade de dizer tantas coisas que estavam dentro dela, e a impotência compreendida de não poder expressar nada. Oh! A doçura tremulante de sua resposta. Pois, desta vez, após uma hesitação, as pobres antenas inábeis para a linguagem tentaram responder, todas tremendo e balbuciando. Elas gaguejaram:

— Eu não posso desejar a morte do meu amigo...

Eu lamentei:

— Que valor pode ter uma vida privada de seus beijos?

As ingênuas antenas tiritaram:

— Eu gosto de você, meu amigo.

Mas minhas antenas se ergueram, agitadas, como um grito de desespero:

— Oh! O horror do amor impotente...

Maria, imóvel, apoiada na parede como se suas pernas não conseguissem mais sustentá-la, chorou harmonias por muito tempo.

Eu implorei:

— Amanhã, vá embora, para bem longe, bem alto, para que eu não veja o beijo que outro lhe dará.

— Sim — prometeu —, irei bem alto, longe de você, sujeitar-me ao amor do qual não posso escapar e que não pode vir de você.

Mas, esmagado entre duas dores, eu disse:

— Esqueça minhas palavras egoístas. Era a sua morte que eu estava pedindo, miserável ciumento que sou! Mas eu quero que você viva, eu preciso que você viva, eu exijo que você viva. Fique perto do formigueiro, sob meus olhos, eu imploro. Assim que você for fecundada, serei eu quem matará seu macho. Após essa alegria de vingança, serei eu quem te carregará, querido fardo, para o ninho. Serei eu quem arrancará essas pobres asas de um dia, para ter certeza de conservá-la para sempre. Serei eu quem sempre a alimentará e cuidará de você, rainha adorada de todos os meus pensamentos e gestos... Prometa, prometa ficar.

Maria, com músicas que eram lágrimas, prometeu tudo que eu quis. Ela estava tão comovida e orgulhosa com o amor inverossímil e doloroso inspirado no ser superior, no neutro!

CAPÍTULO XXIV

O DIA DO DRAMA DE AMOR CHEGOU. O REBANHO DOS PEQUENOS MACHOS ESBELTOS FOI LEVADO PARA FORA NA VASTA PLANÍCIE QUE RODEIA O NINHO, E EM SEGUIDA O REBANHO DAS NOIVAS GIGANTESCAS E PESADAS.

Esses seres, que eram dóceis e estúpidos momentos atrás, agitam-se agora, estimulados pelo desejo, levados por uma sede de azul. Suas asas estremecem para o voo. É lá em cima, no azul inacessível às operárias, longe dessas torturadoras, longe da pátria malvada e estreita, longe dos olhares, que querem subir para o beijo; lá em cima, na pátria sem fronteiras do amor, no céu pudico que os esconderá com sua imensidão deslumbrante como um manto. Ah! Como a loucura das asas os impulsiona!

As operárias se esforçam para acalmar esse instinto que não compreendem. Elas se dirigem principalmente às fêmeas. Suas antenas se movem apenas para conselhos acariciantes.

— Fiquem — dizem elas —, fiquem para viver; para ser, durante anos, as poedeiras servidas por todas, para ser mães de gerações e ver suas filhas multiplicarem-se felizes ao seu redor. Fiquem para ser aquelas que perpetuam a pátria.

Mas as fêmeas não prestam muita atenção a todas essas antenas que aconselham. Os machos fazem músicas de apelo, encantadoras e excitantes; músicas que dizem:

— Vamos, vamos para o amor livre e para a extática morte!

As estridulações das fêmeas respondem:

— Sim, vamos. Amemo-nos no grande céu. Que importa a nossa sorte depois do minuto divino?!

Mas as antenas prudentes retomam:

— Os machos são egoístas. Eles também estão destinados à morte, quer amem aqui, sob nossos olhares protetores para vocês, hostis a esses parasitas, quer enfrentem no horizonte o desconhecido dos perigos. Vocês, pelo contrário, se ficarem, estarão salvas. Certos demais de que vão perecer, esses miseráveis querem arrastá-las para a sua perdição. O beijo só lhes parece bom se for mortal para vocês. Vocês terão a ingenuidade de ouvir o egoísmo feroz dos machos?

E os sucos requintados armazenados esta manhã em nosso papo vêm saciar as fêmeas hesitantes. Tentamos deixá-las mais pesadas com comida, amarrá-las com lembranças e desejos gulosos.

Estou junto a Maria. Eu a encho de alimentos suculentos, e minhas antenas fazem promessas e ameaças, carinhos e fúrias. Porque a ela também, apesar de nossa amizade, apesar dos compromissos de ontem, a loucura das asas impulsiona e as músicas dos machos arrastam em direção ao azul. Ela me diz:

— Deixe-me partir e guarde de mim uma lembrança sem amargura. Eu a amo muito, tanto quanto se pode amar um neutro. Mas minha natureza e o amor são mais fortes do que nossa pobre afeição.

Eu me obstino. Minhas antenas, em não sei que frases desajeitadas e apaixonadas — poéticas também por roçarem um pouco do inefável —, tremelicam, como se balbuciantes, os pensamentos humanos que me torturam:

— Você não partirá — afirmam elas.

E os estranhos balbucios táteis tentam explicar:

— Os machos são demônios horríveis. Suas pérfidas carícias musicais querem arrastá-la para o inferno inevitável para eles. Fique aqui, no paraíso onde estaremos juntas, sempre.

Mas as asas de Maria batem no ar, vão levá-la. Ela responde, com um desprezo meio zombeteiro:

— Que alegria você pode me dar, você que não é um ser de amor?

Minhas antenas sempre traduzem, em bizarros balbucios, pensamentos de homem, ridiculamente sutis, dizem a grosseria dos prazeres carnais, a nobreza dos platônicos amores.

O ser alado responde, já meio voando:

— Não compreendo mais o que diz.

Adiciona:

— Não somos nós que temos a loucura das asas. São vocês que são ciumentas até a loucura porque não têm asas.

Confesso:

— Sim, sou ciumento. E, mesmo contra sua vontade, vou retê-la.

Eu me agarro a ela. Sinto que ela me levanta, um fardo leve demais. Será que vai me levar para o céu, infernal para mim, me fazer assistir, suspenso, aos beijos do seu amante? Estou destinado a morrer com eles, compartilhando o desastre, sem ter compartilhado a alegria?

Não, eu não quero. Para retê-la, brutalizo aquela que adoro e odeio. Minhas patas e mandíbulas apertam suas costas, amassam suas asas, a jogam no chão, a mantêm imóvel.

Aristóteles passa:

— O que está fazendo aqui? — pergunta o neutro genial. — Que nova loucura é essa?

Envergonhado, solto minha vítima, deixo-a se levantar toda amassada. Mas me sinto feliz, porque o enxame já está longe. Eu o vejo apenas vagamente; já não o vejo mais. Os olhos de Maria, melhores do que os meus, ainda seguem com um olhar longo e nostálgico o voo que desapareceu para mim.

Mas é tarde demais. Ela não partirá, não se entregará sozinha aos ventos inimigos. Ela fica, esperando. Um macho se aproxima, precedido por músicas de amor. Ela esquece os outros, ela quase esquece o céu distante e, no chão, em uma mistura de tristeza e alegria, deixa-se amar.

Dois outros casais estão ali, bem perto, se fecundando também.

Aristóteles mostra-se entusiasmado:

— Três poedeiras a mais — diz ela para mim. — O número de mães duplicado! Somos um feliz formigueiro.

Não lhe respondo. Neste momento, minha alma, toda cobiça, está intensamente focada no beijo recebido por Maria. Assim que o macho se afasta, cambaleando de fraqueza, cambaleando de uma alegria embriagada que perdura, eu me lanço sobre ele, e minhas mandíbulas de amante impotente moem, alegres e furiosas, a cabeça elegante.

Rapidamente, abandono essa agonia para me jogar sobre a amada. Arranco brutalmente suas asas, empurro-a para o ninho, empurro-a para um canto isolado onde ninguém possa ver minha loucura. Ali, enquanto minhas antenas expressam amor e ódio, enquanto meus címbalos entoam fúrias e desejos, eu a seguro, pressiono-a contra mim, em um ardente, decepcionante, abraço...

CAPÍTULO

XXV

POR MUITO TEMPO, MINHA VIDA FOI ATORMENTADA POR ESSA VERGONHOSA LOUCURA. EU SOFRIA AO LADO DE MARIA: SUA PRESENÇA ME FAZIA SENTIR MAIS INTENSAMENTE A PRIVAÇÃO DO AMOR E DO BEIJO.

No entanto, assim que eu tentava me afastar, uma ligação dolorosa puxava meus nervos em direção ao lugar onde caminhava, pondo ovos, aquela bruta pesada.

Ela estava ainda mais estupidificada. Parecia que, ao perder suas asas, ela havia perdido tudo que não fosse a faculdade de digerir e a faculdade de pôr ovos. Suas antenas nem tentavam mais balbuciar respostas vagas. Em seus olhos amortecidos, eu acreditava ver passar como um círculo estúpido de terrores e reconhecimentos: ela esperava, inerte, que eu lhe desse comida ou a espancasse.

Nenhum remédio aliviava meu sofrimento. Eu observava por muito tempo seu abdômen deformado pelo contínuo pôr de ovos, por muito tempo os quatro tocos de seu tórax, por muito tempo sua aparência desajeitada. Meu pensamento esquerdo dizia: "Ela é uma pata-choca!". Meu pensamento direito retrucava: "Ela é um monstro de feiura e estupidez!". E, no entanto, eu seguia seu pesado caminhar, arrastado atrás dela pelo vínculo indissolúvel de um amor absurdo e horrendo.

Eu me dizia ainda: "Mesmo que eu tivesse os órgãos do amor, essa poedeira ignóbil não poderia ser nada para mim. Um único beijo fecunda toda a vida de nossas fêmeas, e elas não sofrem duas vezes a abordagem do macho".

Apesar dos argumentos, dos consolos ineficazes, apesar de todas as feiuras de Maria, eu não conseguia me afastar do ser que já havia tido asas, do ser que, por um minuto, havia conhecido o amor.

O que eu não daria em troca da emoção que permanecia no tesouro de sua memória; que, sem dúvida, havia iluminado todo o seu futuro, tornando-a incapaz de qualquer outro pensamento, aprisionada em um êxtase eterno!

Em vão, eu tentava beber esse consolo, a memória dos carinhos recebidos e dados pelo homem que fui. Eles eram lembranças tão vagas, tão decepcionantes, tão fugazes. Impotentes para comover meus órgãos atuais, eles eram noites de arrependimento que o clarão da alegria nunca ilumina.

Além disso, às portas do passado inacessível, erguiam-se, guardiões ferozes, estranhos ciúmes e estranhos desprezos. O amor, parecia-me, havia alegrado, nesse paraíso perdido, todos os meus pobres sentidos. Mas como era mais belo o paraíso no qual eu nunca havia entrado. A formiga, com sentidos mais numerosos; a formiga, um palácio com todas as portas abertas para as volúpias, deveria, no beijo, ser iluminada por muito mais luzes do que a miserável cabana humana tão fechada, tão obstruída!

Eu conhecera uma noite carregada de nuvens, e os pobres raios filtrados da lua haviam me inundado com inefáveis prazeres. Mas Maria! Mas Maria! Ela havia conhecido, ela, o grande jorro do sol em pleno meio-dia de verão.

E às vezes eu era preenchido como por um estranho carinho, quando nossos corpos se tocavam, quando, sobretudo, como num beijo de pássaro, eu regurgitava em sua boca aberta e satisfeita algumas gotas de alimento.

Frequentemente, ao contrário, eu me irritava com os tormentos que vinham dela; me irritava por não poder receber dela nenhuma verdadeira alegria; me indignava por me sentir escravo de um desejo irrealizável e de um arrependimento sem memória. Nessas horas, tentações surgiam em mim de matar a fêmea infame e assim suprimir o feitiço de amor que me prendia aos lugares desonrados por sua estúpida presença.

Mesmo essa satisfação sangrenta era recusada ao meu amor e ao meu ódio. Maria era a melhor das nossas seis poedeiras. A comunidade a considerava como o tesouro mais precioso. Não me teriam perdoado por destruir tanto futuro. O assassinato, com certeza, seria punido com a morte. No entanto, mesmo sem nunca conhecer o rico carinho dos seres alados, eu queria viver; ansiosamente eu queria viver para recuperar ao menos a pálida sombra de um beijo que os homens conhecem.

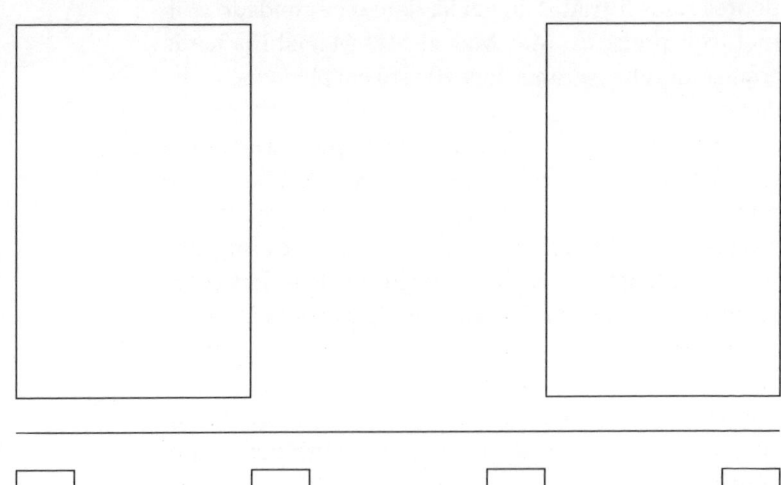

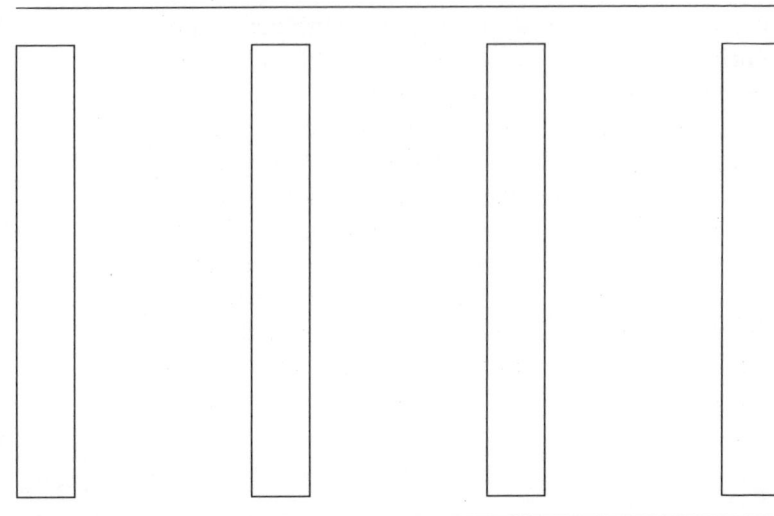

CAPÍTULO XXVI

OS AMORES MAIS DESESPERADOS TÊM O RECURSO DO SONHO. MEU AMOR ESTAVA PRIVADO ATÉ MESMO DOS MAIS IRREAIS PRAZERES: NÃO TINHA REFÚGIO NEM NO FUTURO, NEM NO PASSADO, NEM NA HIPÓTESE.

Eu não possuía os órgãos correspondentes aos meus desejos loucos e, condenado a clamar por um céu desconhecido, não conseguia imaginar as felicidades cuja ausência me torturava.

Uma doença de languidez enfraqueceu gradualmente meus membros, amoleceu meus movimentos. Sentia-me cair em direção à morte, mas não tinha coragem de tentar subir ou sequer, por um gesto quase reflexo, me agarrar à beira da queda. A sombra de beijo que conhecem os homens já não era uma promessa suficiente, não podia me levar a fazer nenhum esforço. Já que eu não conheceria o rico carinho das formigas aladas, o que me importavam todas as coisas? Eu me deixava invadir, lentamente, sem resistência, pela imobilidade lúgubre que seria o exílio definitivo de toda alegria, mas que também seria o fim da dor. Se, nesse período de fraqueza, eu não matei Maria, foi justamente porque estava tão entorpecido que não tinha energia para um acesso repentino de fúria, porque minha melancolia era terna e abatida, e musicalmente chorosa.

Por sorte, uma grande guerra me arrancou da tristeza deprimente que, como uma lápide cada vez mais pesada, me esmagava.

Uma horda errante de *Aphaenogaster barbara* veio se estabelecer em nosso território. Essas insolentes cavaram seus ninhos e ergueram a ameaça de sua cratera a cerca de vinte metros de nossa cidade, cortando ao meio a mais larga de nossas estradas, nos isolando do grande campo cuja colheita os homens nos disputavam todos os anos e que fornecia sozinho metade de nossos recursos. E a árvore preciosa que abrigava nossos queridos pulgões conquistados das *Lasius* era vizinha à inquietante colônia.

Não podíamos consentir com esse empobrecimento e esse perigo contínuo; não podíamos suportar essa injúria. A exterminação das invasoras foi decidida. A guerra começaria no dia seguinte, ao despontar do sol.

Nosso formigueiro era só murmúrio e agitação. Em todos os lugares encontrávamos seres febris; as antenas eram penachos ameaçadores; as cabeças se erguiam como indignações, os palpos tremiam como iras; o movimento das patas que caminhavam rapidamente tinha algo de audacioso e de agressivo. Tropeçávamos em formigas que, como soldados humanos, afiavam suas mandíbulas em um grão de trigo duro. Outras faziam a higiene de seu ferrão. Uma loucura guerreira erguia poderosamente a cidade.

No início, meu enfraquecimento, meu desgosto por tudo, já que o único bem desejado me seria sempre inabordável, minha indiferença mórbida tinham me protegido da loucura geral. Mas aos poucos fui sendo contagiada. Tive dificuldade para dormir e sonhos assassinos pesaram sobre o meu sono.

Não contarei as cenas de carnificina desses três dias de guerra, dessas três grandes batalhas campais. Sinto um pouco de vergonha pelas formigas ao vê-las se rebaixarem tão frequentemente à ignomínia de matar. Tenho orgulho de ter encontrado entre elas gênios universais; mas prefiro vê-las aplicadas a trabalhos de engenharia, realizando os sonhos de Arquimedes, do que nas horas em que o poder intelectual delas, direcionado por um instinto bestial humano, as transformava em Alexandre e Napoleão.

Os dois exércitos eram comandados por generais de primeira classe. Lembro que, a cada noite, depois do combate, falávamos, com uma admiração gloriosa, dos ardis de Aristóteles e, com uma admiração odiosa, dos estratagemas do inimigo. Nós tínhamos visto a comandante ao longo de todo o dia, no meio do movimento de suas tropas, imóvel em uma elevação, erguida sobre suas patas traseiras, a cabeça levemente inclinada, observando o conjunto do combate. Estremecíamos quando ela se deixava cair para a frente e, com suas antenas, dava uma ordem a uma que passava. Sabíamos que algum infortúnio ia se abater sobre nós.

No centro de nossos batalhões, Aristóteles permanecia em uma postura semelhante. Quando o adversário dava uma ordem, sua observação se tornava mais tensa, impaciente, quase febril. Mas mal começava o movimento ordenado e ela já o previa por completo, junto a suas consequências. Com uma presença de espírito sempre inabalável e recursos inesperados, evitava o golpe e contra-atacava.

Seu papel era difícil. As invasoras eram três vezes mais numerosas do que nós, e todas as noites tínhamos de admitir que o dia havia sido bastante ruim.

Nossa impotência, em vez de nos desencorajar, nos excitava até a fúria. Quando, após o segundo combate, Aristóteles aconselhou que abandonássemos o local, partíssemos à noite com nossas larvas e provisões, e buscássemos uma terra favorável para reconstruir a cidade, recusamos com uma fúria unânime. E se minha amiga tivesse insistido, talvez a tivéssemos matado, acusando-a de covardia e traição.

Nossa raiva se aliviava um pouco com o suplício dos prisioneiros. Com isso, desfrutávamos de alegrias infames e profundas. Uma de nós cortava lentamente, com suas mandíbulas, uma antena da pobre cativa; outra se regozijava ao cortar uma pata; uma terceira arrancava um palpo com pequenos solavancos repetidos. Quando a supliciada estava privada de todos os seus membros, frequentemente tínhamos a crueldade de não a matar, deixando-a morrer em um longo desespero imóvel; mas de vez em quando vínhamos contemplar seus olhos angustiados, mergulhando neles como em um banho de alegria, ou, com um leve golpe de mandíbulas, fazer estremecer o sono aparente.

Naquela noite, não me deitei. Depois de participar do assassinato dos prisioneiros, vaguei por muito tempo no campo de batalha abandonado. Testemunhei um espetáculo repugnante. Pequenas formigas de uma espécie desconhecida — provavelmente aquelas que meus livros chamam de *Myrmica scabrinodis* — corriam de um cadáver para o outro, como saqueadores após uma batalha de homens. Observei seu comportamento por um tempo, sem entender. Por fim, me aproximei cuidadosamente de um corpo próximo ao qual um grupo havia parado. Horror! A carapaça quitinosa que serve à formiga como um esqueleto externo estava aberta e a carne, devorada.

Não pude me conter. Sem me perguntar a que terríveis perigos talvez me expusesse, pus-me a perseguir as *scabrinodis*. Essas criaturas ignóbeis eram covardes. Apesar de seu grande número, fugiram. Tive o alívio de alcançar várias delas e decapitá-las com um golpe rápido de minhas indignadas mandíbulas.

Eu estava embriagada de sangue, embriagada de agitação, embriagada de horrores. Não era mais uma formiga; eu era um monstro: meu cérebro era um cinematógrafo onde cenas violentas se agitavam; meu corpo era um impulso agressivo; minhas armas eram instintos de matar. De onde veio que, nesse estado de loucura, eu pensasse em Maria? Imediatamente, sua imagem exacerbou meu amor odioso e, já que não podia fazê-la estremecer de prazer, eu queria sentir entre meus membros furiosos o seu corpo que ofega e que morre.

Voltei para o pé da gigantesca escada, encontrei a entrada da galeria que já nos servira duas vezes. Abri-a novamente. Corri para o canto onde Maria dormia. Silenciosamente, sem dar à pobre fêmea tempo para um sobressalto ao despertar, eu a agarrei entre minhas mandíbulas e, com um único golpe, cortei o cordão nervoso que unia a cabeça ao corpo. Em seguida, lentamente, tremendo de medo de ser descoberta, transportei o corpo pesado que fremia vagamente, que logo se imobilizou, sinistro. Levei-o até o campo de batalha. Apesar da improbabilidade, poder-se-ia acreditar que a pesada procriadora também se deixara levar pela loucura da guerra e morrera como vítima de uma coragem desarmada.

Passei o resto da noite ao lado dessa criatura feia, mas que havia conhecido o amor. Sentia que sua morte não me libertaria. Meus pensamentos de eunuco desesperado seriam assombrados pelo seu fantasma, meu amor louco seria aguçado pelo remorso e me amaldiçoaria por ter eliminado para sempre o estranho carinho de sua boca aberta e satisfeita, onde minha boca despejava comida.

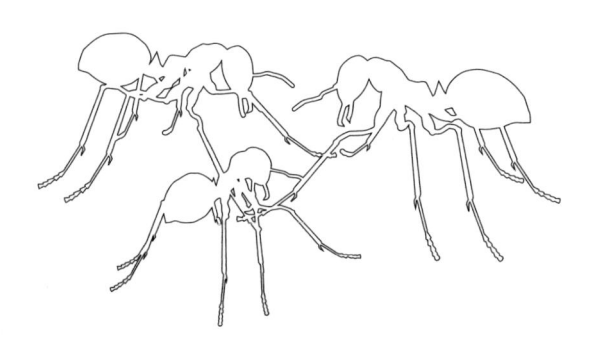

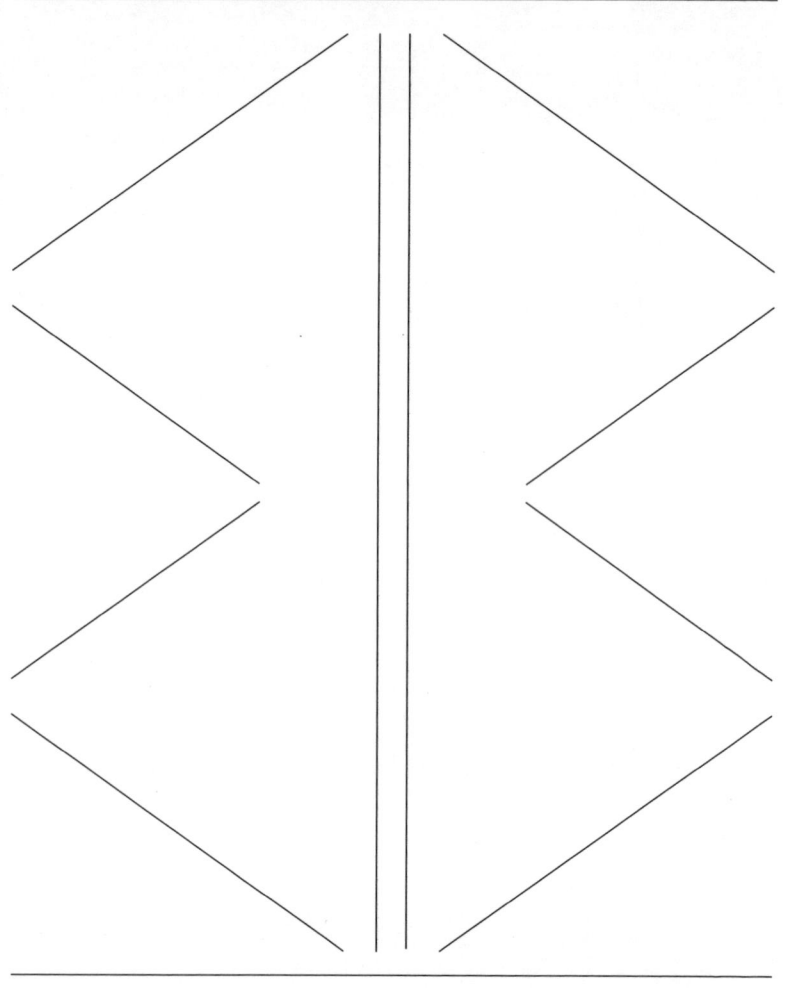

CAPÍTULO XXVII

A TERCEIRA BATALHA FOI PARTICULARMENTE BRUTAL. A MORTE DE MUITAS DE NOSSAS AMIGAS NOS HAVIA DEIXADO SEDENTAS DE VINGANÇA, E NOSSAS DUAS DERROTAS CONSECUTIVAS TINHAM FORTALECIDO nosso ódio contra o estrangeiro com uma fúria de orgulhosas humilhadas pelo ofensor. A guerra parecia se prolongar por muito tempo e, exceto por alguma chance improvável, só terminaria com nosso completo extermínio. Pelo menos queríamos matar muitas daquelas que nos matariam. Talvez nossa feroz coragem também as assustasse, as levasse ao exílio.

Nossa fúria, extraordinária desde a manhã, exasperava-se cada vez mais. O calor crescente, a embriaguez proveniente do cheiro formado pelos vapores de sangue e pelos vapores de veneno, o encorajamento de alguns sucessos parciais, aliás rapidamente anulados pelo gênio do general inimigo, tudo transformava nossa coragem natural em uma temeridade áspera.

Eu me destacava entre as mais audaciosas. As lembranças irritantes da noite me instigavam com vergonha e dor. Queria morrer e, antes de morrer, matar, matar, matar! Eu avançava como uma fúria, espalhando caos e pânico por toda parte, só conseguindo capturar as carnes vivas que transformava em carnes mortas enquanto corria. Tive alguns minutos de loucura absoluta, em que não sabia mais onde estava, quem eu era, o que estava fazendo; em que eu era apenas uma necessidade de destruição, incapaz de distinguir amigos de inimigos. Eu me lançava indiferentemente sobre tudo que passava perto de mim, furiosa como a morte. Parece que matei cinco ou seis compatriotas. As antenas, com uma mistura de indulgência e dureza, me alertavam:

— Cuidado onde você acerta. Você acabou de matar uma de nós novamente!

Sem ouvir nada, me atirava na conselheira, já que era uma vida que eu podia agarrar e destruir. Minhas mandíbulas a esmagavam e só um longo momento depois o sentido de suas palavras chegava, meio vago, até o meu cérebro.

Finalmente, sete ou oito de minhas compatriotas se lançaram sobre mim, imobilizando minhas patas e mandíbulas; e ainda assim, sobre o ser um pouco acalmado pela imobilidade, as antenas batiam com enérgicos reproches. Fui solta novamente contra o inimigo quando recuperei a consciência da situação.

Avistei, de pé, ao longe, o general que nos afligia com tantos males. Decidi morrer ou matá-lo. Rápida e direta, sem desviar ou revidar um golpe, me precipitei em direção a ele no meio das fileiras inimigas. Enquanto eu estava prestes a alcançá-lo, várias me agarraram e me arrastaram. E me senti feliz. Estava bem: esta noite eu seria punida pelo meu crime. Esta noite eu morreria já que Maria estava morta, e morreria lentamente, em torturas refinadas que me fariam saborear a morte como uma volúpia desesperada...

De repente, a batalha vacila, cessa por um momento. O que está acontecendo? Uma prisioneira inimiga sai de nosso lado, fala com o líder que eu queria matar. O conciliábulo continua. Depois, as antenas dos dois interlocutores se voltam para onde estou. Um estafeta chega e fala com aqueles que me guardam. Fui levada diante do general, acorrentada. Quero dizer que cada uma das minhas patas era segurada por um guarda.

Com lentidão, hesitações e movimentos repetidos — porque falamos dois dialetos bastante diferentes do idioma *Aphaenogaster* — ele me disse mais ou menos o seguinte:

— O general de vocês está louco. Ele me propõe terminar a querela com um combate singular. Certamente, não me considero menos corajoso ou forte do que ele. Mas tenho três vezes mais soldados e hoje vocês já estão começando a ceder. Se, por um falso ponto de honra, eu aceitasse sua proposta, cometeria uma verdadeira traição contra meu país, pois estaria jogando em igualdade uma vitória que é certa.

Eu não entendia muito bem por que ele me explicava tudo isso. Ele continuou:

— Mas eu não quero a destruição do seu povo. Somos *Aphaenogaster* como vocês. Fomos expulsas de nossa antiga pátria por formigas-amazonas, que são seres muito mais fortes, quase irresistíveis. Viemos pacificamente nos estabelecer onde encontramos espaço. Foram vocês que nos atacaram.

Eu repliquei:

— Vocês vieram se instalar insolentemente em nosso território. Não podiam ignorar isso, pois foi bem no meio de uma estrada que escavaram uma cidade hostil e ergueram sua cratera como um desafio e uma ameaça.

— Sim — ele disse. — Mas toda a região está muito ocupada. Paramos ao lado de uma nação fraca e da mesma raça, esperando que sua fraqueza e nosso parentesco a tornassem tolerante.

— Os fracos devem ser os mais orgulhosos e os mais intolerantes reivindicadores de seus direitos. Que o forte suporte o que ele poderia facilmente impedir, e será agradecido por isso. Se o fraco sofre apenas, sentimos que lhe falta coragem e o desprezamos justamente.

— São belos sentimentos — disse o general inimigo. — Mas é melhor você me deixar falar.

Com uma cortesia muito nobre, ele primeiro elogiou nossa coragem e depois o gênio de Aristóteles. Em seguida continuou:

— Vocês não podem mais viver sozinhas. Se não quiserem ser exterminadas por nosso número irresistível, serão forçadas a se exilarem, entre tantos perigos!... Já lhes disse, toda a região está ocupada, e escolhemos estar perto de vocês porque são o povo mais fraco. Em nenhum lugar deixarão que vocês se instalem...

Depois de um silêncio em que minha angústia patriótica crescia, essa hábil formiga concluiu:

— Vocês só têm uma maneira de se salvar. Façam uma aliança conosco.

Eu me surpreendi:

— A proposta é estranha. As formigas têm ódio da estrangeira.

— Vamos nos unir e não seremos mais estrangeiras.

Você quer levar minhas propostas ao seu general?

— Meu general só acreditará que elas são sérias se souber que vantagem vocês encontram nelas.

Minha interlocutora disse:

— Vou lhe responder com toda a franqueza. Essa aliança, que é a única salvação para vocês, é um aumento de força considerável para nós. Exércitos de amazonas...

Ela viu que eu não sabia do que ela estava falando. Explicou:

— As amazonas são formigas gigantescas com mandíbulas dez vezes mais fortes do que as nossas. Elas não coletam, não escavam suas próprias moradas e não sabem como mantê-las; mas, sem nenhuma outra indústria além da guerra, elas vêm roubar nossas larvas e ninfas para fazer delas suas escravas.

Após essa digressão didática, ela continuou a frase interrompida:

— Exércitos de amazonas estão por perto, e nunca seremos numerosas o bastante para defender nossos filhos contra esses monstros.

— Essa é a única vantagem que traremos a vocês?

— Não — admitiu ela. — E prefiro dizer tudo. Na região de onde viemos, há mais sombra, mais umidade e menos calor do que neste topo. No momento de nossa fuga, a colheita mal havia começado; aqui a encontramos concluída. Nossas provisões são insuficientes para atravessar o ano. Pelo contrário, as colinas de restos que cercam sua cratera falam eloquentemente que seus celeiros estão bem abastecidos para vocês e para nós.

— Decerto — disse eu orgulhosamente —, somos ricas.

— Precisamos de parte do seu trigo.

Minhas antenas deram dois toques rápidos, como se zombeteiras:

— Ah! Ah!

Ela afirmou:

— Mas, de qualquer forma, nós o teremos. Se vocês recusarem a aliança, mataremos todas vocês, e suas riquezas nos pertencerão sem partilha. Se vocês fugirem, deixaremos que partam para o desconhecido, uma floresta de perigos. Mas vocês não voltarão para buscar suas provisões: imediatamente ocuparemos seu ninho. E, carregando suas ninfas e larvas, vocês terão levado poucos alimentos.

Ela concluiu:

— Agora, você sabe que devem escolher entre nossa aliança ou a exterminação; agora, você sabe que precisamos tê-las como amigas, ou matá-las, ou expulsá-las para a fome e perigos de todos os tipos. Vá dizer essas coisas às suas compatriotas, e que elas escolham rapidamente.

Quando relatei essa conversa a Aristóteles, ela teve uma grande alegria:

— Estamos salvas!

A notícia se espalhou rapidamente. Os dois exércitos, que há pouco se matavam, se fundiram em uma multidão fraterna. Fomos visitar a nova cidade. Os outros visitaram nossa cidade, que era muito mais bonita, muito maior e muito mais bem organizada. A união dos dois povos em nosso formigueiro foi decidida. As fêmeas e o incontável futuro, ninfas, larvas e ovos da populosa nação e, também, suas pobres provisões, foram transportados para lá. Mas não destruímos o segundo ninho. A estrada que ele cortava foi conectada à direita e à esquerda, cercando a cratera como um rio abraça uma ilha, e ele permaneceu lá, uma colônia abandonada e triste, mas um abrigo valioso em caso de alerta.

No dia seguinte, Aristóteles, que não deixava a ideia de um combate singular, propôs ao antigo general inimigo — seu nome consistia em três toques fortes, sendo o primeiro algo hesitante e quase aspirado, meu pensamento esquerdo o chamou de Aníbal — uma luta amigável. Aníbal concordou com indiferença. Ela levou para essa batalha muito menos ferocidade do que nossa amiga, e ficamos felizes, orgulhosas e como que consoladas com a vitória de Aristóteles.

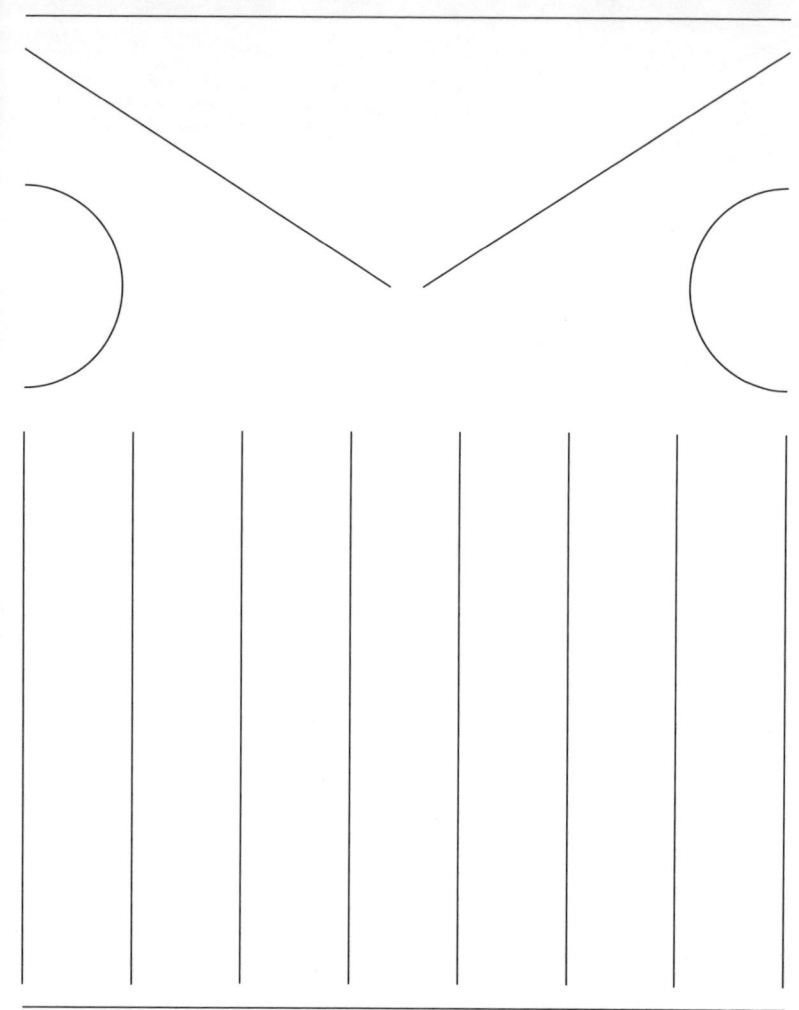

CAPÍTULO XXVIII

A APHAENO-GASTER, APESAR DOS ACESSOS DE RAIVA AOS QUAIS É SUJEITA, É UMA FORMIGA AMÁVEL E NOBREMENTE GENEROSA. DE ACORDO COM TODOS OS OBSERVADORES, ELA É UMA DAS ESPÉCIES MAIS PACÍFICAS, e a aliança que acabara de unir dois formigueiros inimigos é menos rara entre as nações desta raça.

Nossas novas amigas foram recebidas inicialmente com um enternecimento alegre: pensávamos que estávamos perdidas e agora, não apenas estávamos salvas, mas também nosso número e nosso poder estavam multiplicados. De outro lado, ficamos lisonjeadas pela escolha do nosso ninho e pelos elogios prodigados a nossos talentos de arquitetas.

Mas depois, um amargor nos invadiu. Tínhamos sido derrotadas. A aliança era, decerto, um grande bem; mas, imposta pela força, também era uma humilhação. Olhávamos para os novos cidadãos com animosidade, prestes a não suportar nada desses intrusos, e é surpreendente que nossas más disposições não tenham levado a rixas numerosas.

As recém-chegadas foram perfeitas. Todos os nossos atos, todos os nossos gestos eram pretextos para elogios afetuosos. Quando as convidávamos para lutas pacíficas, elas sempre concordavam; lutavam com uma cortesia requintada e não se queixavam dos procedimentos incorretos, quase hostis, pelos quais regularmente obtínhamos a vitória. Essas exiladas, felizes por reencontrarem uma pátria, queriam ser amadas por suas novas concidadãs. Elas conseguiam isso lentamente. Seu cheiro, muito menos desagradável, aliás, do que o de formigas de outra espécie, tornava-se mais e mais familiar para nós, parecendo cada vez mais semelhante ao nosso. Logo tivemos dificuldade em distinguir as larvas que saíam de ovos postos por suas fêmeas das larvas que vinham das nossas.

A série de infelicidades iniciada pela grande tempestade e pela invasão do nosso ninho parecia ter chegado ao fim. Novamente, estávamos felizes como na primavera, até mesmo mais felizes, tão suavemente comovidas por chegar, depois de tantos desfiles de angústias, à imensidão sorridente da planície. E o inverno estava se aproximando, o inverno, a estação aconchegante e íntima, a estação de descanso e de longas refeições, longos sonos e lentas conversas matizadas.

Nesse povo que parecia pouco a pouco entorpecer na felicidade, eu estava feliz. Meu pensamento humano, como sempre nos períodos de alegria calma, desvanecia-se, tornava-se irreal de nevoeiro e distanciamento, aparecia-me raro e fantasmal, símbolo vago de possíveis vidas anteriores, de prováveis vidas futuras.

Mesmo o meu crime não me torturava. Eu mal me lembrava dele e apenas para escusá-lo. Evitava analisar minha alma a partir do momento em que o cometi. Agora eu sentia como as outras operárias e nenhum sonho de amor impossível me atormentava. O assassinato de Maria era daqueles atos que seria absurdo tentar explicar: um impulso de loucura, o gesto repetido mecanicamente de alguém que matou tantas vezes e mata o que encontrar, de alguém de quem a embriaguez guerreira tirou a razão e o querer, de alguém que não é mais do que uma máquina de matar. Eu afastava de minha memória as circunstâncias que poderiam desmentir esse raciocínio.

Eu me tornei amiga de Aníbal e esperava grandes prazeres em sua companhia. Sua mente, tão poderosa quanto a de Aristóteles, era mais nova para mim e eu adorava buscar no tesouro de sua memória frescas belezas e alegres surpresas. Nós nos entendíamos maravilhosamente: os dois dialetos se fundiam gradualmente em uma linguagem comum, rica e saborosa, onde voltas inesperadas surpreendiam e encantavam. Os relatos de Aníbal sobre as terras frias e úmidas do vale me interessavam muito, especialmente o que ela dizia sobre as terríveis amazonas que a haviam expulsado da pátria fria, úmida, certamente menos bonita e mais pobre que a nossa, pela qual ela ainda mantinha uma nostálgica ternura.

As amazonas, essas grandes bárbaras ruivas, apareciam em suas narrações como seres ineptos e formidáveis. De acordo com Aníbal — depois de minha *anamorfose*, eu verifiquei e suas informações eram corretas — esses seres terríveis são incapazes de construir ou cavar; nem mesmo sabem alimentar seus ovos e larvas, liberar suas ninfas, ensinar seus filhotes a andar. Eles não têm nenhum instrumento de trabalho. Suas mandíbulas não podem ser usadas como tesouras, serras ou colheres. Longas, polidas, curvadas e pontiagudas, elas são apenas armas, espadas penetrantes, impróprias para qualquer outro uso além do assassinato, incapazes até mesmo de pegar e levar comida à boca.

Portanto, as amazonas precisam de escravos assim como as larvas precisam de babás. Elas passam toda a sua vida em guerra, não têm outra ocupação senão atacar seus vizinhos para roubar ninfas que logo aumentarão o número de seus servidores.

Eu interrompia os relatos para exclamar:

— Eu adoraria ver um desses seres extraordinários.

Mas Aníbal replicava, tremendo:

— Deseje nunca ver um!

CAPÍTULO XXIX

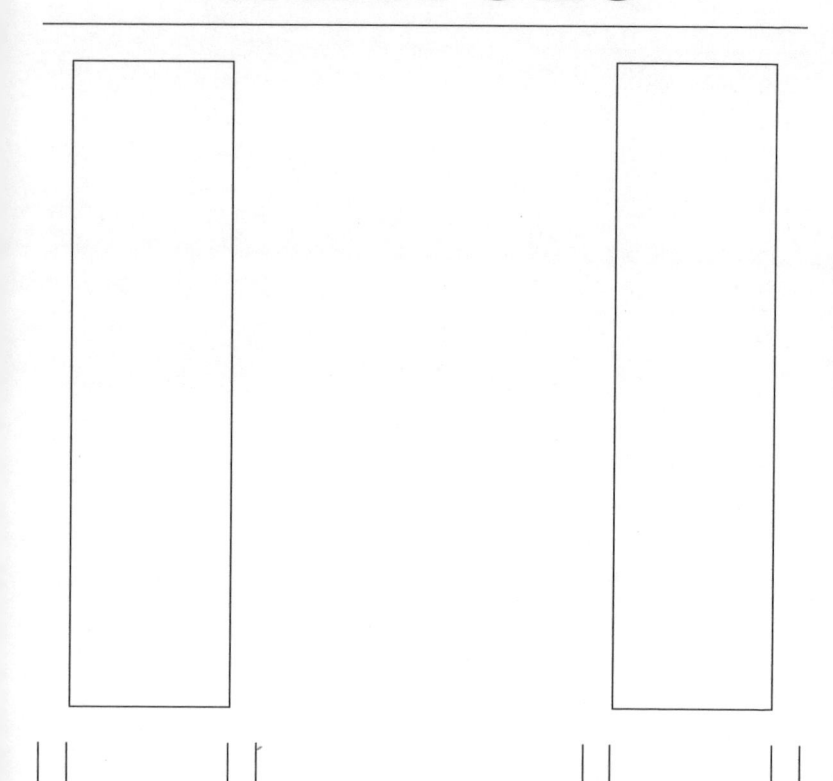

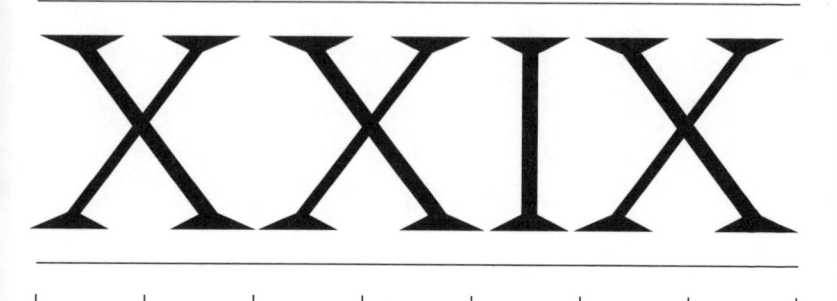

EU ESTAVA SOZINHA NA ÁRVORE DOS PULGÕES. ASSIM COMO MÃOS QUASE ACARICIANTES ORDENHAM UMA VACA, MINHAS ANTENAS, POR MEIO DE TOQUES DELICADOS, OBTIVERAM VÁRIAS VEZES A GOTA DOCE e excitante. Minha gula tinha sido excessiva e, para dizer tudo, eu acredito que estava um pouco bêbeda. Toda a natureza me parecia bizarra, alegre e grotesca, agitada por gestos desajeitados e hilariantes. Diverti-me muito quando avistei, ainda distante, mas rápida, sinuosa e vertiginosa como um raio engraçado rastejando, uma coluna de formigas enormes e vermelhas. Numa corrida que era quase uma dança, precipitei-me no ninho. Na entrada, encontrei Aníbal. Minhas antenas falaram com ela, pesadas e contentes:

— Que felicidade! Vamos combater. As amazonas estão chegando.

— Desgraça! Desgraça! — disseram suas antenas apavoradas.

Ela subiu sobre a cratera e voltou às pressas.

— Desgraça para nós! — continuou ela. — Rápido, fechemos a cidade.

Com a ajuda de algumas camaradas que estavam lá, construímos uma barricada inicial com materiais desmoronados da cratera. Atrás dela, instalou-se um daqueles soldados cuja cabeça cilíndrica fecha tão exatamente as passagens. Colocamos outros nos pontos mais estreitos de todas as galerias superiores. Transportamos para os subterrâneos mais profundos ovos, larvas e ninfas e, na angústia de sitiados que nem sequer podem ver os sitiadores, esperamos.

Aristóteles se impacientava. Ela propôs reabrir a galeria da lagarta, fazer uma saída e atacar os inimigos pela retaguarda, pegando-os de surpresa e colocando-os em fuga. A moção não teve sucesso algum. Aníbal e suas compatriotas declararam que isso seria correr inútil e inevitavelmente para a morte. Segundo elas, só devíamos esperar. Talvez o inimigo não conseguisse forçar as passagens sucessivas com rapidez suficiente e se afastasse durante a noite. Nesse caso, imediatamente, teríamos de nos exilar. Porque agora que as amazonas conheciam nosso ninho, voltariam para atacar enquanto restasse uma ninfa, uma larva ou um ovo. Se, como era lamentavelmente provável, as escravagistas penetrassem os nossos últimos refúgios, só nos restaria fugir levando nossos filhos. Deixaríamos as provisões para que muitas de nós, com mandíbulas livres, atrasassem a perseguição. Mais tarde, quando os salteadores perdessem o interesse por esse ninho sem ninfas, voltaríamos, cautelosamente, furtivamente, para buscar nosso trigo.

— Elas forçam todas as portas! — disse Aníbal.

A galeria da lagarta foi reaberta. As operárias pegaram as ninfas, os ovos, as larvas, e o êxodo começou. Todas saímos antes da chegada das amazonas. As formigas carregadas se refugiaram no ninho escavado por Aníbal e suas companheiras e se barricaram solidamente lá dentro. Permaneci nos arredores da cidade invadida com o grupo que deveria se sacrificar para ganhar tempo às nossas amigas.

Mas tive uma ideia da qual ainda me orgulho hoje. Depois de fechar a galeria pela qual tínhamos fugido, avancei até a cratera para ver se havia alguma amazona fora da cidade. Todas estavam no formigueiro. Derrubamos a cratera na entrada e colocamos um pesado bloco de pedra sobre os destroços.

Corri para anunciar essa operação.

Aníbal ficou muito feliz:

— Elas são tão burras! — disse ela. — Vão procurar indefinidamente nas galerias vazias. Depois dormirão onde estiverem. Somente amanhã, depois de constatar por muito tempo que não há crianças para roubar, elas vão pensar em sair. Aproveitemos o intervalo para nos afastarmos com nossa família. Aqui, estamos perto demais: certamente seríamos descobertas.

Foi muito difícil para nós decidirmos por esse novo exílio. Há pouco, ao deixar o antigo ninho, sabíamos em qual abrigo nos refugiávamos. Além disso, permanecíamos em nosso território, perto de nossos campos, perto da árvore dos pulgões, no meio de toda essa terra à qual estávamos ligadas como filhas à mãe e ao mesmo tempo como mães aos seus filhos; pois suas linhas, suas cores, seus cheiros, suas sonoridades haviam formado nossa mente, e nossa mente, juntamente a nossas mandíbulas, instrumentos fracos, mas numerosos e pacientes, a haviam transformado. Deixar esses lugares familiares aos quais estávamos adaptadas e que havíamos adaptado a nós mesmas não era como perder a própria luz, o olfato e o prazer de ouvir, o tremor feliz do toque, já que não encontraríamos mais do que objetos estranhos e agressivos pelo desconhecido, hostis e assustadores como essas formas vagas vistas nas trevas?

A razão, no entanto, prevaleceu. A retirada foi cuidadosamente organizada. Aníbal, que conhecia melhor os arredores, marchava à frente, sem carregar nada para não perturbar seu sentido de direção. Alguns soldados a acompanhavam, com as mandíbulas prontas para o combate. A longa coluna de operárias carregadoras seguia entre duas fileiras de soldados. No meio deles, em um dos flancos, marchava Aristóteles. Minha façanha anterior também me havia dado o reconhecimento de um talento militar. E as tropas que formavam a retaguarda me pediram para ficar com elas.

Seguíamos na noite e no desconhecido, sem saber se estávamos indo em direção a uma nova pátria a ser criada ou à morte. Muitas vezes parávamos para esperar o retorno dos batedores enviados em todas as direções. Sempre voltavam anunciando que formigueiros ocupavam a vizinhança, e continuávamos nossa caminhada angustiante em desvios prudentes. Ai de nós! Nosso medo tornava-se cada vez mais certeza: o dia chegaria antes que encontrássemos o local adequado para a nova cidade. O dia viria, brutal, iluminando para outros a nossa miséria, revelando aos olhos inimigos, aos olhos ávidos, a fuga da pobre presa que éramos, transformando nossa marcha inquieta de medo numa marcha horrível que, indo não se sabe aonde, atravessa os combates.

De fato, o dia ruim chegou. A aurora — hesitante sorriso de ironia, mas que aos poucos se transformaria em riso ensurdecedor, em trovão de risos cruéis — nos surpreendeu descendo um declive íngreme onde, de tempos em tempos, uma carregadora exausta deixava escapar, deixava rolar, entre suas contusões, uma larva impotente e dolorida.

Os ruídos da manhã se levantavam. Sentimos a imprudência excessiva dessa corrida através das hostilidades despertadas. Acampamos como pudemos, em uma clareira estreita, cercada de ervas secas em pé. No centro, colocamos ovos, larvas e ninfas, todo esse futuro, fardo do presente. As operárias menores permaneceram perto dessas vidas futuras, cuja morte preventiva é tão exigente quanto uma vida de invalidez. Soldados também ficaram lá, prontos para repelir os ataques. Um cordão de sentinelas vigiava todas as abordagens da clareira. O restante das formigas percorria, em bandos numerosos, a floresta de ervas altas, procurando comida, procurando trazer comida para aquelas que permaneciam.

Algumas horas se passaram sem nenhum outro mal além da expectativa de todos os males. Pouco a pouco, recuperávamos a confiança. Já começávamos a nos perguntar se não deveríamos, apesar da presença inquietante de dois ninhos próximos, escavar a nova cidade nesse local.

Mas, de repente, as sentinelas correram anunciando a chegada das amazonas.

Então, as operárias retomaram suas cargas e precipitaram sua fuga ao acaso. Deixando-se levar pelo resvalar da inclinação, elas se apressaram em direção ao vale distante. Os soldados ficaram para lutar.

Rápido e terrível combate! Eu só havia presenciado batalhas contra corpos mais fracos do que nós ou de força igual. As amazonas eram verdadeiramente muito superiores a nós. Nossas mandíbulas escorregavam impotentes em suas couraças quitinosas, enquanto seus gládios recurvados entravam em nossas cabeças com movimentos precisos, matando a cada golpe, libertando-se com uma habilidade surpreendente para reiniciar incessantemente o gesto assassino.

Fomos muito corajosas. Ninguém recuou. Heroísmos me maravilharam. Uma de minhas irmãs, cortada ao meio, privada de seu abdômen e de metade de seu tórax, levantou-se obstinada nas duas ou três patas que lhe restaram e continuou a atacar com suas mandíbulas fracas demais.

Bravura inútil, infelizmente! Em pouco tempo, nosso centro foi invadido e a irresistível coluna ruiva alcançou nossas carregadoras. Então houve uma peleja indescritível. Cada amazona matava uma operária, pegava o fardo da morta e fugia. Nós nos lançávamos sobre as saqueadoras, tentávamos arrancar-lhes a presa e, às vezes, conseguíamos. Também acontecia de saltarmos nas costas de um desses grandes bárbaros e cortarmos sua horrível cabeça vermelha. Acredito que, se soubéssemos onde nos refugiar, teríamos salvado grande parte da futura geração. Mas não tínhamos nenhum objetivo; lutávamos contra um perigo e, se escapássemos, sabíamos muito bem que seria para fugir em direção a outros perigos, menos brutais por ainda não estarem presentes, mas mais assustadores por serem desconhecidos.

Uma grande chuva chegou, terminando a batalha e acelerando nossa fuga em direção ao vale, a fuga das saqueadoras em direção às alturas.

Foi só lá embaixo, à beira do rio, que paramos. Tentamos, sob a chuva, reconhecer nossas perdas. Mas logo tivemos de lutar contra um novo inimigo.

Estávamos sitiadas não por criaturas vivas, mas por um elemento. A água do céu caía sempre pesadamente sobre nós, ferida imensa; e agora o rio subia ameaçador; e agora toda a encosta escorria, tornava-se uma torrente que, em breve, com certeza, nos levaria.

Várias formigas entregavam-se aos mesmos movimentos que faziam quando haviam bebido muito mel de pulgões. Seus gestos embriagados diziam, com uma eloquência desesperadora, que sua razão não resistira aos golpes demasiadamente repetidos da desgraça, às ameaças demasiadamente pressurosas do perigo.

Agarramos essas atordoadas, a única fêmea que nos restava e o pouco de ninfas, larvas e ovos que havíamos salvado. Fizemos dessas pobres criaturas um núcleo ao redor do qual nos juntamos em bola. Como se alcatroássemos um navio, cada uma de nós secretou o máximo possível de ácido fórmico. Depois, como uma jangada viva e angustiada, mas jangada sem fendas e que a água não penetraria, deixamo-nos levar pela correnteza.

CAPÍTULO XXX

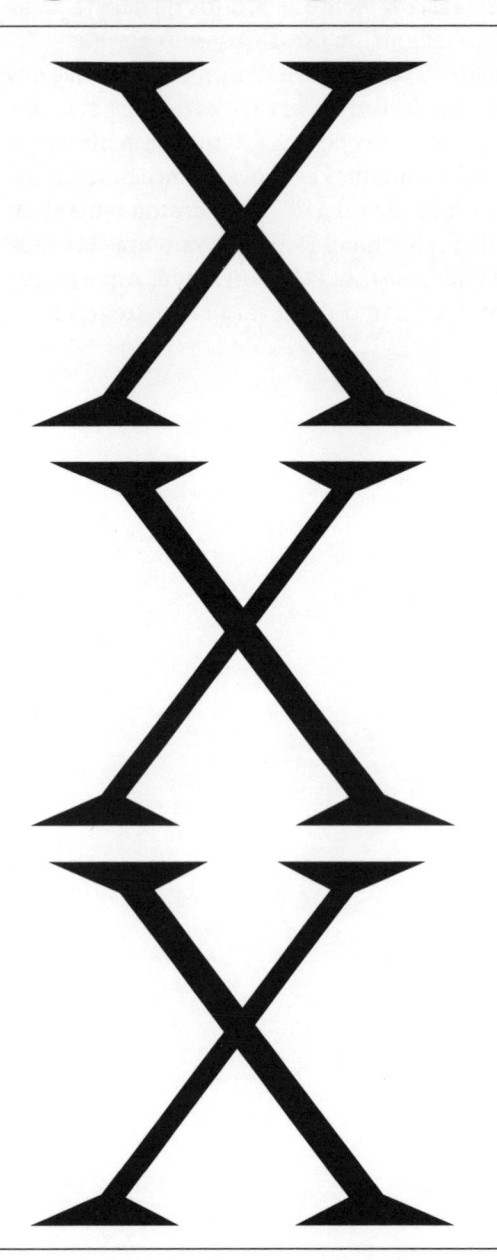

A CHUVA CESSOU. CHEGAMOS A UM CONFLUENTE. A LUTA DOS DOIS RIOS INCHADOS NOS EMPURROU PARA A MARGEM. SENTIMOS UM CHOQUE. IMEDIATAMENTE, EM MENOS DE UM SEGUNDO, a bola se desagregou. Cada uma de nós esticou suas patas entorpecidas, sacudiu suas antenas exaustas de imobilidade, fugiu para mais longe da água. Então, tentamos avaliar os recursos e os perigos do lugar onde estávamos.

Ai de nós! Não estávamos em terra. Estávamos sobre uma árvore que normalmente ocupava a margem, mas que a água cercava naquele momento. Seus galhos inferiores estavam inclinados, pesados de lama, grama e ramos estranhos. Olhávamos, estupefatas, para a água que não baixava e pensávamos que, sem dúvida, morreríamos de fome.

O sol se pôs. Poucas de nós conseguiram dormir. Várias permaneceram à beira da água, as pontas das primeiras patas roçando o rio, para sentir sua diminuição, para saborear, em pequenos goles repetidos, a esperança da libertação. Elas mal tiveram de se mover para acompanhar o lento baixar das águas.

O sol nasceu. Pusemo-nos a vasculhar todos os cantos da nossa árvore, procurando por insetos para comer. Uma caça magra que acabou, em uma única refeição insuficiente, com todos os nossos recursos.

Agora só nos restava esperar, esperar que as coisas finalmente consentissem em nos libertar ou que sua obstinação nos matasse.

Dias se passaram. Começamos a morrer, olhando a água que baixava tão lentamente. Algumas companheiras devoraram os primeiros cadáveres e foram universalmente censuradas.

Os cadáveres do segundo dia de morte foram compartilhados por todo o povo. Também comemos ovos, larvas e ninfas. No terceiro dia, achamos os cadáveres muito escassos e brigamos para conseguir nossa parte. No quarto dia, matamos para comer.

Mais perto da margem, ilhas de ervas lamacentas emergiam, cada vez mais numerosas, cada vez mais próximas, trampolins de onde, até a terra firme, nossas esperanças obstinadas saltavam. Dois dias intermináveis, dois dias de fome e crimes passaram antes que, através de mil armadilhas pegajosas, fosse possível alcançar a margem.

Passado o perigo, foi uma comoção geral. Todos esses seres que, ontem, pensavam em se devorar, que espreitavam o segundo de desatenção ou fraqueza para se lançar sobre o vizinho, matá-lo para abrir sua casca quitinosa e comer sua carne, todos esses seres agora se amavam, se acarinhavam, cantavam melodias ternas e melancólicas.

Depois do primeiro choque de alegria, nossas inquietações voltaram. Como éramos poucas! Quantas haviam morrido na batalha contra as amazonas! Quantas estavam perdidas na fuga, provavelmente afogadas, e, se um milagre as tivesse reservado para uma outra morte, dispersas, presas que não podíamos socorrer, separadas da nossa ajuda pela imensidão do rio! Quantas haviam morrido de fome na árvore e quantas, oh, vergonha!, sucumbido aos golpes de suas irmãs famintas...

Perdas irreparáveis. Não viriam filhotes, incertos e encantadores como a esperança, para substituir as desaparecidas. Nós mesmas tínhamos devorado ovos, larvas e ninfas. Nossa última poedeira morrera de fome na árvore. Éramos um povo sem força e sem futuro; éramos apenas a agonia de um povo.

Aristóteles afirmava, irredutível, que nossa nação viveria. Seria apenas necessário não nos desencorajarmos, escolher com prudência o local do novo ninho e esperar, viver obstinadamente. Na época da fecundação, vigiaríamos com cuidado e recolheríamos algumas fêmeas perdidas.

Sim, mas como esperar? Como atravessar a pobreza do inverno sem provisões? Quando voltaria o sorriso tardio da primavera? A fome teria poupado uma só dentre nós?

E Aristóteles zangava-se com nossa covardia. Certamente, admitia com ar de desprezo, seríamos pobres; certamente, sofreríamos. Mas, com trabalho e engenhosidade, encontraríamos o necessário. De início, deveríamos esboçar a cidade, que seria concluída posteriormente;

depois, antes das primeiras geadas, procurar, colher, armazenar. Durante o próprio inverno, faríamos frutíferas expedições subterrâneas; caçaríamos insetos adormecidos em seus esconderijos. Por fim, afirmava ela, os obstáculos que parecem os mais invencíveis no primeiro atordoamento diminuem por si mesmos diante do esforço ativo, perseverante e indefectível de uma corajosa vontade de viver. E ela exaltava, altiva, a vida difícil, declarava-a bela como uma batalha incessante e continuamente vitoriosa.

Aníbal dizia as mesmas palavras corajosas. Uma após a outra, sem convicção, sem prazer, apenas porque, em nosso torpor, em nosso abatimento como adormecidas, seus discursos despertavam antigos hábitos mecanicamente ativos, começamos a trabalhar. O local da futura pátria foi escolhido, ruim, perdido em uma terra de escassez, mas, por essa mesma razão, afastado de qualquer formigueiro, despovoado de predadores rodantes e onde nossa fraqueza estaria protegida de ataques.

Estávamos prestes a começar a cavar quando um homem chegou, debruçou-se sobre nós. Não havia ninho onde nos esconder; pouca grama deitada no chão como a cabeça de um homem com raros cabelos molhados. Ora, a montanha horrível que anda em dois pés nos agarrava uma a uma, nos encerrava em uma prisão de vidro.

Estávamos fracas demais, cansadas demais, desencorajadas demais para nos comovermos muito com uma nova infelicidade. Sob os golpes repetidos do destino, nos tornáramos presas indiferentes e imóveis. Apenas Aristóteles e Aníbal pareceram, desde o primeiro momento de cativeiro, sentir uma dor viva.

Meu cérebro esquerdo tentou adivinhar o que esse homem queria de nós. Não sei por quê, supus que ele nos faria ser devoradas por galinhas. E quase me alegrei, como um homem arruinado que encontra uma ocasião de jogar. Se eu escapasse dos bicos assassinos, encontraria facilmente minha vida no galinheiro.

Minhas suposições estavam erradas. O homem nos transportou para uma sala grande e quase vazia. Havia apenas — percebi esses detalhes mais tarde e principalmente desde que retomei a forma humana — uma cadeira e uma mesa redonda. Na mesa, um objeto estranho: uma caixa plana composta de uma armação de madeira que duas folhas de vidro fechavam hermeticamente.

O homem sentou-se. Ele abriu a caixa e depois a prisão onde nos colocara primeiro, que era um grande tubo de ensaio. Derrubou-nos na caixa e a fechou.

Inquietas e curiosas, corremos à volta da nossa nova prisão. No meio de um dos lados, uma pequena abertura me permitiu sair, e quase todo mundo me seguiu. Encontramo-nos sobre a madeira da mesa.

Havia víveres. Passamos por eles sem tocá-los. A curiosidade e o desejo de liberdade prevaleceram sobre a fome que, no entanto, começava a ficar intensa.

A beira da mesa não estava longe. Em breve, eu passaria por baixo dela, fugiria ao longo do pé, me esconderia em algum interstício do chão ou em um buraco da parede. Justamente, o homem acabara de sair. Quando ele voltasse, eu estaria invisível.

Encontro, novamente na mesa, uma inexplicável vala cheia de água. Por muito tempo, a sigo... Mas não estou enganada, já passei por aqui. Será que me perdi e, sem perceber, voltei para o mesmo lugar? Bem improvável, já que não estou carregando nenhum fardo. Mas então... Arrepio-me e não ouso pensar precisamente no que me faz tremer.

Continuo minha corrida, sempre na mesma direção. Aqui estou novamente no ponto já reconhecido. Sim, o riacho é circular. Subo na armação, ergo-me nas patas traseiras e constato com um olhar a precisão da terrível conclusão. E enquanto meu cérebro direito se desconsola, meu cérebro esquerdo se diverte e me compara, o pedante!, aos homens da época de Homero, aprisionados na terra pelo círculo do rio Oceano.

Aristóteles e Aníbal se aproximam de mim. Elas também acabam de entender. Elas olham com terror aquilo que estou olhando.

Outras as seguem, depois outras e outras ainda. Logo todas nós sabemos que não há esperança de escapar da montanha cruel que anda com dois pés.

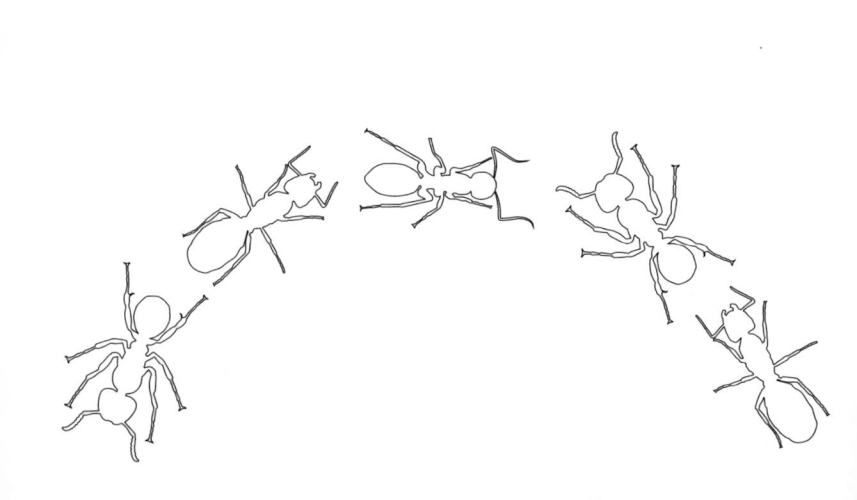

CAPÍTULO XXXI

— NÃO ESTOU ENTENDENDO NADA — DISSE ARISTÓTELES. — O QUE ESSA MONTANHA QUE ANDA COM DOIS PÉS QUER DE NÓS? POR QUE ELA NOS PRENDE NESTE ESTÁBULO E NOS DÁ COMIDA? SERÁ QUE O ÁCIDO FÓRMICO é valioso para ela como o licor do pulgão é para nós?

— Não acredito — respondi — que o ácido fórmico lhe seja agradável. Além disso, nós desprezamos algumas espécies de pulgões por serem pequenos demais. Seríamos um rebanho minúsculo para esse gigante.

— Então — disse ela com desespero —, ele quer nos comer!

— Não, não é isso. Seu cheiro é insuportável para nós; nosso cheiro deve ser desagradável para ele.

— Ora, deixe disso! Ele cheira mal e nós cheiramos bem.

— Nós cheiramos mal segundo as antenas da formiga estrangeira, que cheira mal para nós. Da mesma forma, acredito que esse ser cujo cheiro nos incomoda não gosta do nosso cheiro.

Aristóteles refletiu por um momento, como se tivesse sido atingida pelo meu raciocínio. Mas logo suas antenas tremularam, como se estivesse rindo, e ela afirmou com convicção:

— O que você acabou de dizer é muito sutil para ser verdade.

Retomei:

— Acredito saber o que esse homem quer de nós. E esse conhecimento me tranquiliza. Vamos sofrer por estarmos cativas, mas ele não nos fará nenhum mal. Ele nos dará comida e cuidará de nós da melhor maneira possível, sem pensar em devorar nossa carne ou roubar nosso ácido fórmico.

Ela protestou:

— Louca! Se ele fosse tão amigo das formigas, não nos prenderia. Ele não nos teria capturado, mas, vendo nossa angústia, nos teria trazido provisões, permitindo-nos desfrutar da relva e do céu.

Eu repliquei:

— Não disse que ele é amigo das formigas. Disse apenas que ele cuidaria de nós da melhor maneira possível.

— Mas por quê? Por quê? O que ele pode querer de nós?

— Ele quer ver como vivemos, estudar nossas ações, adivinhar nossa inteligência, tentar conhecer uma vida diferente da dele.

Aristóteles fez um gesto de orgulho.

— Você atribui a ele um pensamento muito poderoso — disse ela. — A formiga é o único animal inteligente e, no entanto, nunca se entregou a estudos desse tipo.

Abanei antenas zombeteiras:

— Cada animal se considera o único inteligente.

— Vamos, vamos! Exceto a formiga, nenhum animal sequer tem a ideia de inteligência... Esse homem é capaz de cavar uma toca?

— Seus olhos pobres amam a luz e ele não gostaria de viver em moradias subterrâneas; mas, assim como construímos abrigos ao longo de nossas estradas, ele constrói casas proporcionais ao seu tamanho. Em algum canto de uma dessas casas, aquele que nos capturou pode ter jogado, menos volumoso que um grão de trigo em um de nossos celeiros, a prisão que contém todo o nosso povo.

Aristóteles se afastou desse ponto doloroso.

— Eu sei — disse ela — que ele corta o trigo e o empilha em montanhas que depois desaparecem. Já que não sabemos o que acontece com essas provisões, você pode afirmar, sem ser demasiadamente improvável, que ele as guarda em celeiros. Mas quando a terra não é naturalmente fértil, ele semeia como nós?

— As terras que nos parecem férteis por si mesmas são fertilizadas por ele. E, se geralmente podemos nos contentar em colher, é porque ele semeia todos os anos.

— Você está brincando comigo... Ele tem, como nós, pulgões que lhe dão seiva e, para protegê-los, constrói estábulos?

— Sim. Apenas os seus pulgões são enormes e não têm asas.

— Os homens têm, como nós, o gênio militar? Sabem marchar em colunas juntas, contra o inimigo? Têm o conhecimento dos movimentos circulares e a astúcia das manobras de diversão? Eles teriam sequer pensado, como eu, em reabrir o corredor da lagarta para surpreender os invasores? Teriam, como você, feito ruir a cratera na entrada para confundir as amazonas?

— Alguns homens têm o gênio militar.

— Eles teriam, como nós, chamado a atenção dos donos dos pulgões para um ataque distante, enquanto parte das nossas roubava o gado?

— Muitos homens são habilidosos em apropriar-se dos bens alheios.

— Mas o homem é incapaz de um trabalho coletivo no qual várias pessoas colaboram voluntariamente, sem que ninguém seja forçado ou force o outro.

— Nesse ponto, ele é inferior a nós. Assim como nas formigas-amazonas, há entre eles aqueles que trabalham e outros que não fazem nada. E os que não fazem nada comandam aqueles que trabalham. O fato é ainda mais indigno porque mestres e escravos, aqui, pertencem à mesma espécie e, na maioria das vezes, ao mesmo povo. Mas vários homens podem, assim como várias formigas, colaborar. Reconheço, entretanto, uma outra inferioridade humana: a ideia geral do trabalho nem sempre existe no espírito de cada operário, muitas vezes é concebida apenas por um líder que dirige de fora movimentos subordinados e não coordenados.

— Então você sustenta que existe um pequeno número de homens inteligentes. Mas acabou de admitir que todos são incapazes de afeto por seus semelhantes.

— Eles são, também, animais misturados de bem e mal, e acontece de um homem ter amizade por outro homem.

— Certamente, seu afeto não ultrapassa, como o nosso, o limite da morte. Apenas a formiga tem piedosos cemitérios próximos à sua casa, onde pode proteger os cadáveres dos comedores de carne e deixá-los secar tranquilamente ao sol.

— As carnes do homem, sendo abundantes demais, não secam após a morte, mas se tornam uma lama infecta. No entanto, os sobreviventes cuidadosamente colocam o cadáver fresco em uma caixa, numa espécie de formigueiro subterrâneo amplo.

— A formiga tem uma linguagem.

— O homem também fala.

— Tolice! Mostre-me suas antenas.

Tentei explicar que o homem se expressa principalmente por sons.

Mas Aristóteles zombou:

— Ora! Ele é um ser do silêncio. Eu nunca ouvi música vindo dele.

— Sua música é alta demais para nossas tíbias.

— Alta demais! Que absurdo! Quando ouvimos um som e acontece de esse som duplicar, nós o ouvimos duas vezes mais.

— Nem sempre. Você ouve o som de seus dentes cortando uma espiga. Quando o homem, com a grande mandíbula artificial com a qual ele estende suas patas, corta cem espigas, você não ouve nada. Você ouve o passo de uma formiga; você não ouve o andar do homem pesado.

Minha amiga refletiu por um momento. Em seguida, ela concordou:

— Você tem ideias singulares, algumas das quais poderiam bem ser verdadeiras. Mas você parte de uma observação plausível para sonhar com loucuras doentias. Não é absolutamente impossível que esse ser emita sons inaudíveis para nossas tíbias. Mas o fato permanece muito improvável. Além disso, sabemos da pobreza da linguagem sonora e que ela não pode ser articulada. E mais, realmente, que aparência há de que essa massa pesada e informe possa falar, pensar, ter uma alma?

— Ele tem uma, entretanto. E enquanto ele se maravilhará com algumas de nossas ações, você se surpreenderá com alguns de seus gestos.

— Sim — disse ela, pensativa —, os seres inferiores às vezes têm lampejos extraordinários. Por exemplo, outro dia, um pulgão...

Mas o homem voltou. Nossa conversa filosófica cessou, e nós observamos.

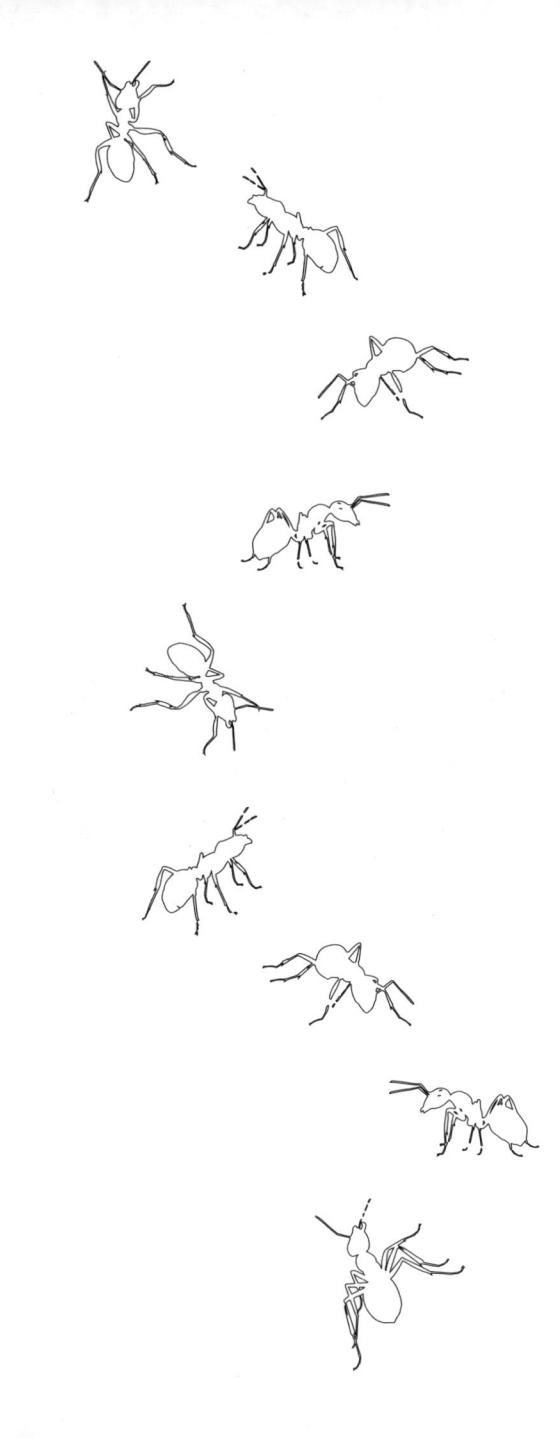

CAPÍTULO XXXII

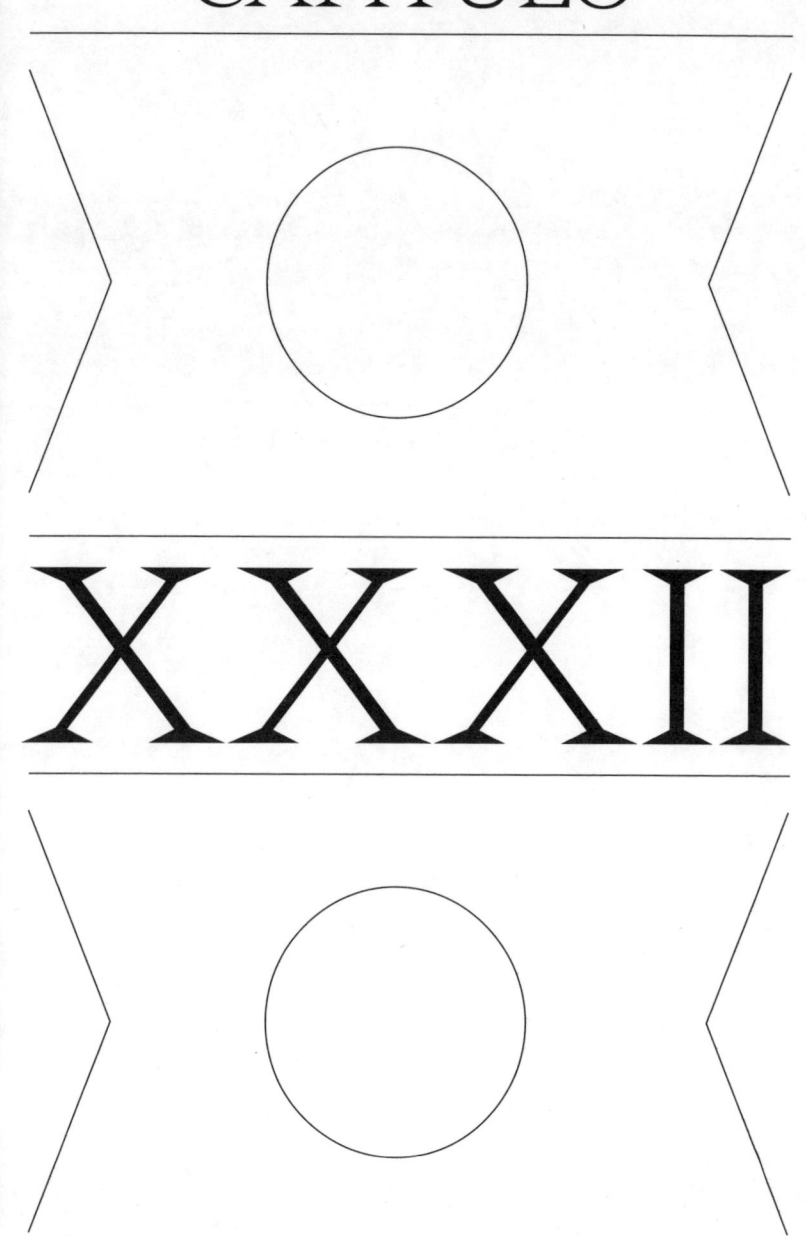

O HOMEM ABRIU NOSSA PRISÃO E COLOCOU TERRA NELA. ENTÃO SE SENTOU E NOS OBSERVOU. — ELE QUER — DISSE EU A ARISTÓTELES — QUE FAÇAMOS NOSSO NINHO DIANTE DELE.

— Talvez. Sua inteligência desperta. E ele deseja aprender conosco a arte de construir... Mas ele não verá nada. Primeiro, vamos cobrir com uma camada de terra essa estranha parede transparente.

— Ele é mais habilidoso do que você pensa. Nossa prisão é estreita; se fizermos como você diz, não teremos espaço suficiente. Somos obrigadas a aceitar como parede de algumas de nossas células essa parede intransponível e transparente. Ele nos verá trabalhando.

As antenas da minha amiga tiveram inicialmente um leve roçar como um sussurro:

— Há acasos surpreendentes que se assemelham a previsões...

Mas logo ela continuou, afirmativa e desprezível:

— Não estou entre as ingênuas que se deixam enganar pela bizarrice de tais encontros. Sei muito bem que esse ser não é inteligente, que esse ser não é uma formiga...

Sob o olho observador, reconstruímos nosso ninho. Quando o homem se afastava, tomava o cuidado de cobrir o vidro com uma tela opaca.

— Veja — dizia eu a Aristóteles —, ele sabe que gostamos da escuridão em nossa casa e a proporciona assim que não precisa mais nos observar. Ele não é malvado.

Ela replicava:

— Você explica todas as coincidências felizes como evidências de inteligência.

E então triunfava:

— Se ele fosse tão inteligente como você afirma e tivesse o projeto de estudo que lhe atribui, ele entenderia, ora, que nos coloca em uma situação anormal onde não agiremos como na vida cotidiana. Compreenderia que sua forma de estudar distorce o próprio objeto de seu estudo.

A objeção era forte. Tentei responder, mas Aristóteles não me deixou terminar:

— Como, por exemplo, ele conheceria nossa engenhosidade e nossa atividade em conquistar alimentos, já que os encontramos facilmente ao redor de nosso ninho?

— Ele nos verá armazenando o trigo. Quem sabe, mais tarde, ele não nos fará conquistá-lo?

— Como ele escolheu uma nação incompleta, sem fêmeas, sem ninfas, sem larvas, sem ovos?... Ele desconhecerá as partes mais interessantes de nossos costumes, nunca saberá que família unida somos na existência normal, que povo voltado para o futuro...

O homem reapareceu. Na mesa, ele despejou um monte de terra contendo ovos, larvas e ninfas misturados.

— O imbecil! — disse Aristóteles. — Esse futuro nem mesmo pertence à nossa espécie. Ele imagina que vamos chocar estrangeiras?...

Transportamos a terra para o nosso ninho. O restante foi inicialmente desprezado.

Mas Aníbal, passando por ali:

— Esse porvir está fedendo!

Rapidamente jogamos no rio que nos cercava esses seres que ainda não existiam e que já cheiravam mal. Por um momento, em um ponto, o rio ficou obstruído. Tentamos atravessá-lo. Mas o homem, com um dedo brutal, nos agarrou, nos jogou de volta ao pátio de nossa prisão. Em seguida, com um único gesto, limpou o amplo fosso, lançou para longe as infelizes ninfas que recusamos adotar.

O homem se afasta, pega algo e coloca na mesa. São duas fêmeas de *Aphaenogaster barbara* e duas fêmeas de amazonas. Aristóteles introduz as fêmeas reprodutoras de nossa espécie no ninho, enquanto Aníbal lidera o ataque contra as duas gigantes. Os primeiros ataques, ingenuamente diretos, não têm sucesso: várias de nós caem com as cabeças esmagadas entre as poderosas mandíbulas.

Enquanto me mantenho fora do alcance das mandíbulas assassinas, agarro uma antena da gigante mais forte. Aperto firmemente a extremidade entre minhas mandíbulas. Sigo os movimentos do inimigo, recuando quando ele caminha sobre mim, avançando quando ele recua para se desvencilhar. Uma camarada agarra a segunda antena. Outras pegam as pernas, esticam-nas. A amazona agora está deitada, imobilizada, de barriga para baixo. Eis que Aníbal monta em suas costas. As mandíbulas de Aníbal, como tesouras que mordem um objeto resistente, abrem e fecham várias vezes em volta do pescoço. Enfim, meu esforço contra uma resistência morta me faz dar dois passos para trás: o pescoço é cortado.

Olho para a outra amazona: ela acabou de sofrer o mesmo destino que sua companheira.

O homem está lá, sentado, balançando a cabeça com ar de aprovação, surpreso com nossa habilidade ou alegrando-se com um resultado previsto.

CAPÍTULO XXXIII

ARISTÓTELES ME DIZ:
— OBSERVO COM GRANDE CUIDADO ESSA MONTANHA QUE ANDA COM DOIS PÉS. E, EMBORA TODOS OS SEUS ATOS POSSAM SER RIGOROSAMENTE EXPLICADOS POR SIMPLES INSTINTOS, ESTOU DISPOSTA

a reconhecer alguns clarões de inteligência nele. Mas quantas coisas lhe faltam para ser igual a uma formiga...

Interrompi:

— Nunca aleguei que o homem fosse igual à formiga. Mas você o despreza demais e nega a maior parte de suas riquezas.

Ela me lembrou que a maioria de seus sentidos faltam. Fui obrigado a admitir que a observação era correta. Mas em breve a enumeração das pobrezas humanas ultrapassou os limites da verdade.

— Esse ser é surdo — afirmou ela.

— Como você sabe?

— Submeti-o a experimentos absolutamente conclusivos. Toquei as músicas mais estranhas diante dele. Minhas patas bateram no chão de forma a produzir sons inquietantes. E nunca suas patas dianteiras se estenderam no movimento de alguém que está ouvindo.

— Os sons que dependem de nós e todos aqueles que podemos ouvir são muito fracos para alcançá-lo.

— Isso é plausível — reconheceu Aristóteles. — Mas nunca, em qualquer caso, suas patas anteriores fizeram o gesto de escutar.

Eu disse:

— Olhe como ele apoia singularmente sua cabeça agora. Acredito que está ouvindo algum som muito fraco para ele, por demais enorme para que possamos suspeitar.

— Você acredita?...

— Os órgãos que lhe permitem ouvir não estão em suas patas. Eles formam, dos dois lados de sua cabeça, grandes e bárbaros adornos. Você vê essas enormes excrescências tão grosseiramente recortadas?...

Aristóteles me interrompeu, furiosa:

— Você não consegue dizer duas frases sérias. Seu amor pelos paradoxos a conduz aos absurdos mais inconcebíveis.

Ela recomeçou a enumerar as pobrezas desse ser vasto e miserável, tão pesado, tão mal projetado e, exceto pela frente, cego de todos os lados.

CAPÍTULO XXXIV

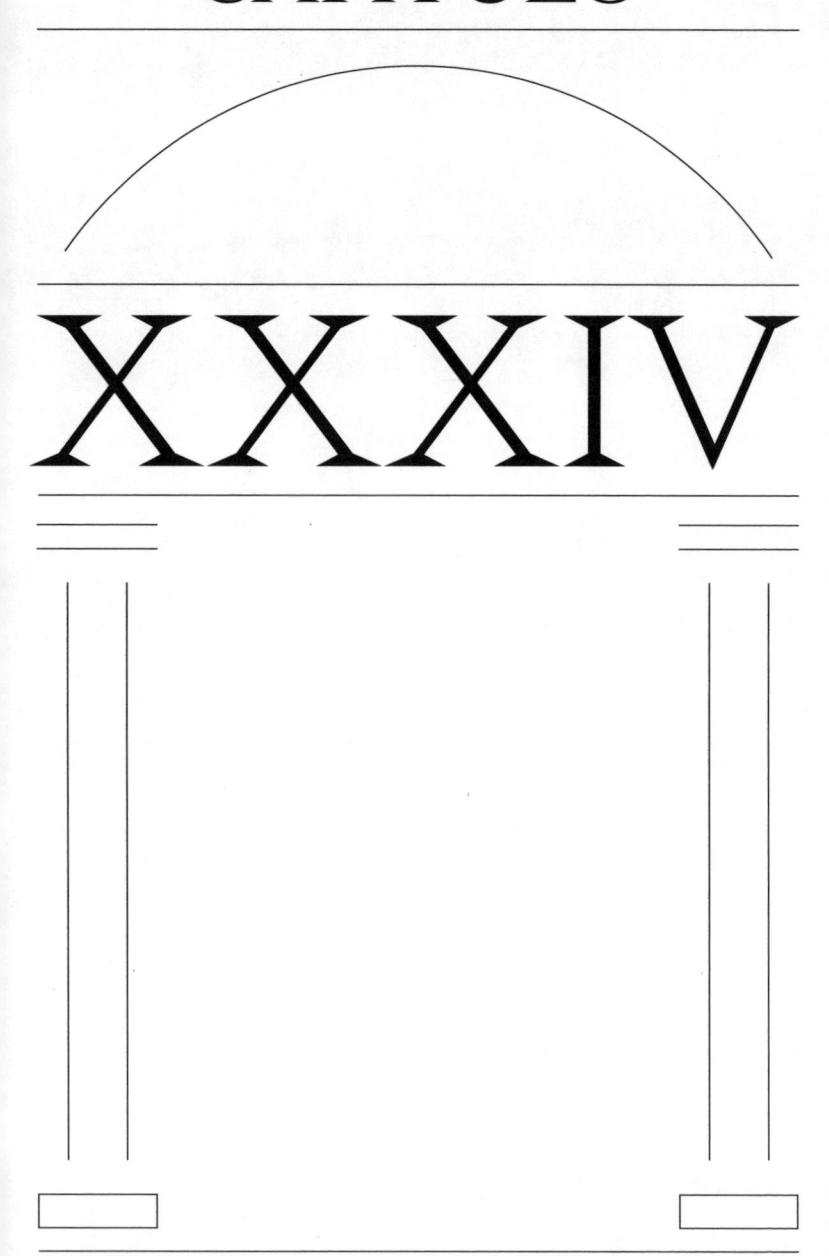

— VOCÊ QUER, ARISTÓTELES, CALAR POR UM MOMENTO O SEU ORGULHO DE FORMIGA? EU LHE DIREI SOBRE O HOMEM, SOBRE SUAS VERDADEIRAS POBREZAS E SUAS RIQUEZAS INSUSPEITADAS, COISAS VERDADEIRAS E MARAVILHOSAS.

— Fale.

— Neste momento, esse ser comete contra nós as mesmas injustiças que você comete contra ele. Ele também nos despreza...

— O imbecil presunçoso!

— Ou melhor, o que é mais injurioso, ele admira aquelas de nossas faculdades que ele também possui, fica surpreso que nós, que não somos homens, possamos mostrar algum clarão de inteligência.

— Você supõe uma tolice excessiva nele...

— Acredito principalmente que ele está cego por um orgulho absurdo, pelo mesmo orgulho que impede você de ver claramente.

Mas ela, num sobressalto:

— Não há orgulho em saber que a formiga é o único ser dotado de razão.

— Olhe. A porta se abre. Outro homem entra. Eles fazem gestos. Com certeza, estão falando de nós. E, ao captar as palavras que você diz, acredito saber as palavras deles. O observador diz: "É espantoso como essas pequenas criaturas são inteligentes. Acredita? Elas fazem isso, fazem aquilo!". O camarada responde: "O instinto é suficiente para explicar todos esses atos". "Não", retoma o observador, "eu lhe asseguro que elas têm alguma inteligência". Mas acrescenta imediatamente, cauteloso: "Nada comparável, certamente, ao espírito do homem. O homem é o único animal dotado de razão".

— Você tem maneiras de pensar bem inquietantes.

— Observe-os por um momento — disse a ela. — Vou preparar algo. Talvez tenha encontrado uma maneira de fazer você entender meu sentimento sobre o homem e sobre nós.

Grãos de trigo estavam ali. Dispus alguns deles de forma a desenhar duas circunferências secantes, mais ou menos de acordo com a figura ao lado:

257

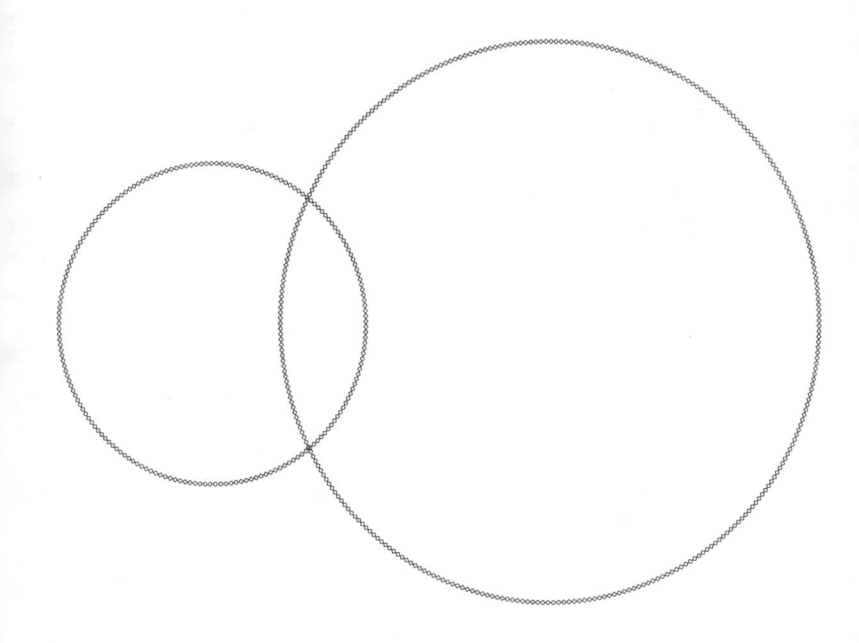

Voltei para Aristóteles, mostrei-lhe meu trabalho.

— O que significa isso? — perguntou ela.

— Represento — disse-lhe — pelo círculo da esquerda o pensamento humano, pelo círculo da direita o pensamento da formiga. Veja que pequena parte comum ambos os domínios apresentam. O homem acredita que possuímos apenas a inteligência que compartilha conosco, o que está compreendido tanto em seu círculo quanto no nosso, esse pobre pedaço que preencho com trigo.

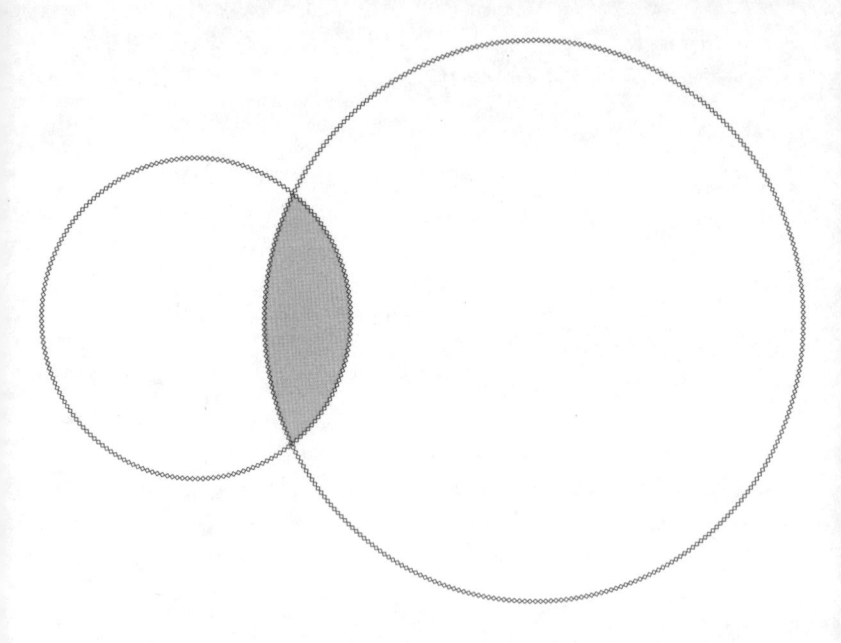

Depois de tornar a figura mais clara dessa forma, continuei:

— Mas o que está na parte original do seu círculo, como poderíamos adivinhar? Sabemos que ele não tem isso nem aquilo; mas quase tudo o que ele possui é inconcebível para nós. Cada um conhece as pobrezas do vizinho e quase todas as riquezas do vizinho são desconhecidas.

— Sei que você delira — declarou Aristóteles. — Mas suas loucuras acabam por me perturbar. Assim, o universo e o pensamento teriam maravilhas que nossos olhos seriam incapazes de ver e nossa mente impotente em conceber... Essa ideia, eu sei, é louca. Mas fico irritada que ela possa ter sido sonhada, expressada. Aqui estou eu, atormentada, angustiada por horas. Não sei se conseguirei dormir esta noite.

E suplicou:

— Oh! Minha amiga, diga-me logo que estava brincando, que nunca acreditou no que acaba de dizer!

CAPÍTULO XXXV

EU HAVIA FORMULADO A ARISTÓTELES: — OS HOMENS SÃO SERES FELIZES. ENTRE ELES, NINGUÉM TEM ASAS VISÍVEIS, MAS CADA UM PODE AMAR: HÁ APENAS MACHOS E FÊMEAS; NÃO HÁ ESSES POBRES NEUTROS QUE...

Ela me interrompeu:

— Veja a que contradições o leva o amor pelo estranho. Você afirmava que esses seres são inteligentes!

Esforcei-me em vão para explicar que um sexo não é necessariamente em todos os lugares o companheiro da inferioridade mental. Compreende-se tão dificilmente coisas muito diferentes das que se conhece! Aristóteles repetia obstinadamente que um ser sexuado está totalmente entregue à loucura das asas, incapaz de qualquer obra prática e de qualquer meditação precisa.

Sem me deter em suas objeções, eu lhe trouxe outras perplexidades.

— Nessa espécie — afirmava eu —, o macho é maior e mais forte do que a fêmea. Ousarei até dizer que ele é mais bonito quando é bonito, o que acontece frequentemente nos formigueiros pouco populosos. Pois sua beleza é, se ouso esta repetição aparente, feita de beleza. A da fêmea é feita de graça e de...

Hesitei por um instante. Meu pensamento desajeitado dizia: "Sua beleza é feita de sorriso". Mas o sorriso é algo tão exclusivamente humano...

Minhas antenas não sabiam como traduzir.

Finalmente, elas prosseguiram:

— A beleza da fêmea é feita de graça e de música.

Aristóteles multiplicou os debats sobre essa fêmea sem asas, sobrecarregada por seus ovos, e que eu afirmava graciosa e musical.

Não consegui fazê-la compreender que a mulher não é uma miserável poeidera fecundada para toda a vida por um único gesto de amor, que sua aparência pode se animar e seu rosto pode irradiar a esperança de outros beijos, que ela não deixa cair um ovo a cada passo e que, enfim, se ela tiver um filho, o acidente é bastante raro.

CAPÍTULO XXXVI

NÃO TENTAREI REPETIR MEUS OUTROS DIÁLOGOS INFRUTÍFEROS COM ARISTÓTELES, COMO, POR EXEMPLO, MINHA TENTATIVA DE LHE EXPLICAR QUE O HOMEM DISTINGUE TRÊS CORES em nosso preto, que certos raios coloridos para nós não falam aos seus órgãos e que as vibrações que proporcionavam sensações à formiga e à montanha que caminha com dois pés ofereciam aos dois espectadores espetáculos completamente diferentes.

A única coisa que consegui fazê-la admitir é que a enorme diferença de tamanho deveria modificar todas as formas e todas as linhas.

— Sim — disse ela —, empobrecido[14] por sua altura e massa, ele deve ver muito pequenos os raros objetos que não escapam de seus olhares distantes.

— Ele vê pequenas as coisas que vemos grandes. Mas ele vê normalmente seu companheiro, que não podemos abranger com um único olhar, e seu olho sabe, imóvel, conter o território de vários formigueiros.

— Talvez — disse ela —, mas que interesse podem oferecer essas imensidades, que a ignorância dos detalhes transforma em desertos monótonos?

Nossas conversas sempre terminavam assim. Aristóteles, impacientada, quase me insultava. Suas antenas hostis diziam em golpes rápidos:

— Você afirma como certezas as hipóteses mais loucas. Se pelo menos as apresentasse como jogos engenhosos, poderíamos, desejando que fossem menos improváveis, nos divertir com sua audácia vacilante e, ao menor toque da razão, desmoronante. Mas você fala, louca presunçosa, como alguém que soubesse.

Eu carecia de coragem. Respondia a verdade, mas com um estremecimento amavelmente cético, que a transformava em um alegre gracejo:

— Você bem sabe que já fui homem.

Ela ficava cada vez mais irritada:

— Essa piada de mau gosto lhe autoriza a absurdos excessivos, mesmo para suposições de uma formiga que

---

14 A concordância nominal, incoerente neste trecho, foi traduzida conforme o original. (N.T.)

se diverte e dispensa você de qualquer observação. Sou realmente boa demais por dar antenas atentas à tagarela incoerente e mistificadora que você é!

Não direi também a pueril absurdidade dos experimentos feitos em nós pelo homem nem as conclusões ridículas que deve ter tirado deles. Encontrarão essas vaidades pobres, ou semelhantes, em todos os livros sobre as formigas.

CAPÍTULO XXXVII

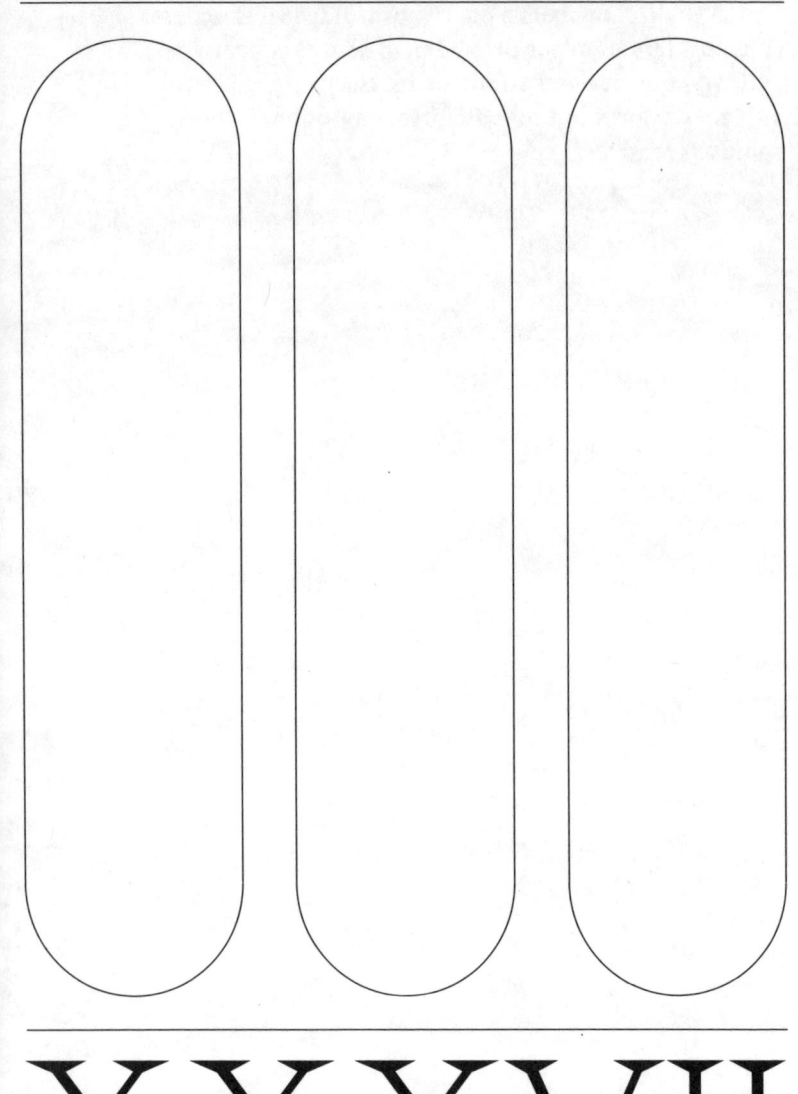

NOSSO CATIVEIRO SE AGRAVOU. SERÁ QUE O HOMEM PRECISAVA DA MESA QUE SUSTENTAVA NOSSA CIDADE OU ACHOU INTERESSANTE NOS CONFINAR AINDA MAIS? NÃO SEI, MAS A MESA DESAPARECEU.

A estrutura que continha nosso ninho foi colocada em pé sobre um copo grande cujo pé mergulhava em um prato cheio de água. Só podíamos sair por baixo da gaiola e ao longo do copo: passeio pouco interessante e que não tínhamos vontade de repetir. No entanto, por alguns instantes todos os dias, a entrada da caixa se prolongava por um corredor de vidro que conduzia a uma gaiola de metal, onde encontrávamos açúcar, mel e outras provisões.

O inverno devia ter chegado. Mas o homem, friorento, mantinha uma temperatura elevada nesse quarto onde ele passava parte de sua vida, sentado, inclinado sobre nossa prisão, nos olhando. Nossa cidade estreita demais não nos permitia escapar do calor, e sofremos muito com isso. Além disso, o ar desse ambiente era irrespirável, impregnado pelo forte cheiro humano. Sentíamo-nos enfraquecidas, quase doentes, e não filosofávamos mais. Aristóteles estava tão furiosa que teria me batido se eu tivesse persistido em defender a montanha que caminhava com dois pés. Passávamos esses longos dias inativos e essas noites intermináveis e sufocantes sem sono, amaldiçoando a crueldade ou a inconsciência de nosso algoz.

Uma doença começou a se espalhar, inicialmente desagradável e repugnante, e logo se tornou, além disso, perigosa. Entre os animais que vivem nos formigueiros, existem parasitas tolerados porque seria demorado livrar-se deles e, afinal de contas, não causam nenhum dano perceptível. Ácaros — eu não gosto de escrever o nome vulgar e admitir que já tive, mesmo fora da vida humana, piolhos —, ácaros de várias espécies passeavam livremente em nossos corredores e, de tempos em tempos, se agarravam a uma de nós para sugar uma gota de sangue. Essas pequenas criaturas vivem com pouco e não nos incomodam muito. Sua picada leve é uma coceira quase agradável, desde que não se repita com muita frequência.

Mas, nas condições anormais em que vivíamos agora, os ácaros se multiplicavam a ponto de se tornarem um incômodo e um perigo. Principalmente a boca e as antenas da maioria de nossas companheiras estavam cobertas deles, e eu não ousava mais conversar com elas, com medo de ser invadida durante o diálogo.

É quase impossível capturar os pequenos ácaros que se tem em si. É verdade que se pode pedir esse serviço a uma amiga. Mas quase todas as formigas, como se estivessem estupidificadas pela catividade, viviam em uma indiferença estúpida. Somente Aristóteles, Aníbal, eu e mais duas ou três lutávamos contra a repugnante invasão.

Enquanto Aristóteles limpava minhas antenas, meu cérebro esquerdo me mostrava, em uma porta aberta, em um patamar desgastado nos cantos e corroído pela chuva, uma pequena camponesa e sua mãe. A mãe estava sentada no degrau superior; a criança, mais baixa, lhe dava as costas e se inclinava para trás em direção ao colo materno. As mãos enrugadas e cor de terra remexiam, ativas, nos cabelos loiros. O quadro, muito nítido em um raio de luz solar e um fundo de sombra quente, tinha sua beleza, e o ar trazia o cheiro de feno cortado. No entanto, eu sentia, à esquerda, uma espécie de repugnância, enquanto meu cérebro direito desfrutava de uma libertação progressiva.

Quando eu precisava prestar o mesmo serviço para Aristóteles, eu me esforçava para desligar meu cérebro esquerdo, afastar de mim todo pensamento humano. Nem sempre conseguia, e sofria com o trabalho que não podia recusar.

CAPÍTULO XXXVIII

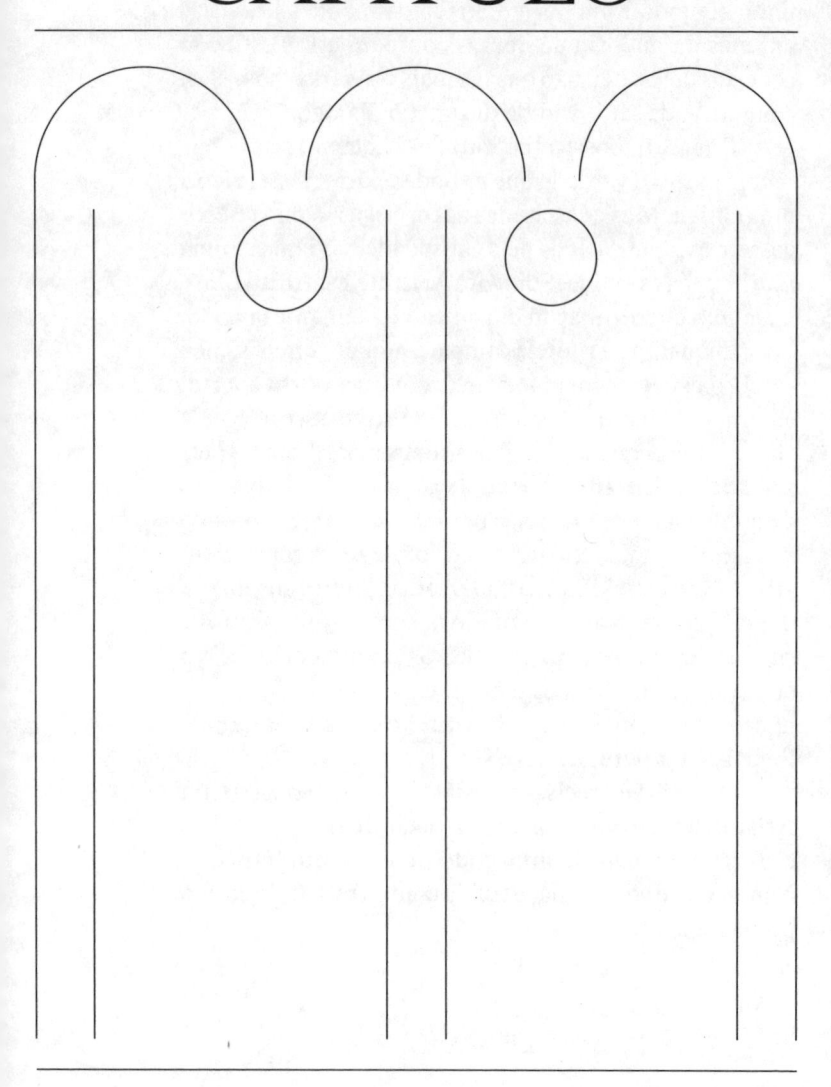

NESSE DIA,
A GAIOLA
DE METAL
CONTINHA UMA
QUANTIDADE
CONSIDERÁVEL
DE PROVISÕES.
TALVEZ NOSSO
CARCEREIRO
TIVESSE DE SE
AUSENTAR POR
ALGUM TEMPO.
ASSIM QUE
TRANSPOR-
TAMOS TODAS
ESSAS RIQUEZAS

para nossa casa, o homem, depois de remover o compartimento de comida e o tubo que o conectava com nosso ninho, fechou hermeticamente a entrada da cidade e nos cobriu com uma tela preta.

Há muito tempo não saíamos mais, desprezávamos o decepcionante passeio que nos levava rapidamente, por um caminho tão monótono, a um mar intransponível. No entanto, ficamos furiosas por sermos trancadas. Além disso, o buraco era necessário para jogar fora os resíduos. Seria preciso então permitir que fôssemos invadidas por todo tipo de lixo?

Aristóteles me disse:

— Esse ser que você tanto elogiava é um louco muito cruel.

Eu concordava com Aristóteles. Meu cérebro esquerdo me lembrava da monstruosa desumanidade de certos governantes do mundo e dos caprichos sanguinários que as crianças satisfazem nos animais. Nosso mestre seria um Nero sem império e que, infantilizado por sua impotência em relação aos seus semelhantes, enganava sua sede de tortura em pobres insetos?

Ora, eis que, na cidade fechada, começamos a morrer. Primeiro foi um cadáver, depois dois cadáveres, e depois, naquela mesma noite, talvez dez cadáveres. A presença dos mortos na habitação é insuportável para as formigas. Ficamos irritadas ao pensar que não poderíamos nos livrar dessas imobilidades criadoras de fantasmas. Não apenas não poderíamos levá-las, de forma piedosa, a um cemitério bem cuidado, mas tampouco poderíamos jogá-las para fora da cidade.

Algumas ansiedades aumentam, rápidas, até a loucura, levando a atos de loucura. Agarrávamos esses corpos, dos quais sabíamos bem demais que não poderíamos nos livrar, e os carregávamos interminavelmente ao redor de nossa prisão. Quando a fadiga nos forçava a abandoná-los, outras os pegavam imediatamente do chão e continuavam o desfile fúnebre. Uma força estranha nos impedia de deixá-los estendidos no chão. Parecia-nos que isso seria uma aceitação definitiva das presenças terríveis: apenas a ideia desse consentimento nos enchia de furores e terrores. Carregadas com o fardo macabro, corremos sem rumo. A viagem do funeral duraria, sem dúvida, até a morte das carregadoras, mas não podíamos viver perto de mortos imóveis.

Essa loucura durou vários dias, deixando todas nós exaustas, privadas de sono, agitadas de terror. Quando carregávamos um cadáver, fugíamos apressadamente, perseguidas por imagens vagas e selvagens. Quando descansávamos, seguíamos as carregadoras de longe, apesar do forte desejo de evitá-las, como se estivéssemos ligadas a elas por um laço inquebrável e arrastadas por sua marcha irresistível.

As mortes eram incontáveis. Chegou a hora em que cada formiga viva tinha um cadáver para carregar. Quando o cansaço afastava nossas mandíbulas e fazia cair o fardo fúnebre, ficávamos ao lado, ofegantes, ansiosas pelo momento em que nossos membros doloridos poderiam nos arrastar novamente, sobrecarregadas pelo peso assassino.

As mortes continuavam. Agora, as carregadoras eram menos numerosas do que as cargas. Carregávamos um cadáver e pulávamos sobre cadáveres e nos chocávamos, aterrorizadas, com cadáveres. A cidade era uma cidade de morte.

Cadáveres, cadáveres, cadáveres por toda parte; nas salas, nos corredores, em nossas provisões, milhares de cadáveres. E entre esses cadáveres que obstruem toda a cidade, cinco ou seis vivas correm, cada uma carregando um cadáver, e saltam, aterrorizadas, e tentam evitar os cadáveres inevitáveis e, quando encontram outra viva, olham-na com olhos vazios, injetados, hostis por causa de tanta dor.

E então: as vivas se encontraram todas em um mesmo ponto, perto da porta fechada. Cada uma abandona o corpo que carregava e, em um frenesi de horror, se jogam umas sobre as outras, se golpeiam furiosamente, se dilacerando, vão se matar. Mais um minuto e a cidade, tão viva alguns dias atrás, será apenas uma vasta tumba fechada sobre mortos.

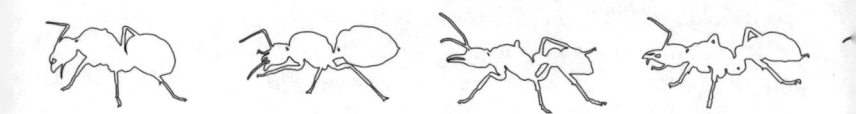

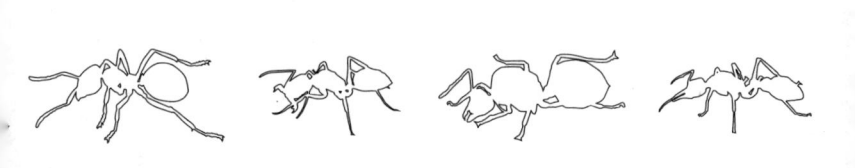

CAPÍTULO XXXIX

A LOUCA BATALHA CESSA, POIS UMA ILUMINAÇÃO, BRUTAL EM SUA SÚBITA INTENSIDADE, NOS CEGA. A TELA FOI REMOVIDA E A LUZ DO DIA ATRAVESSA A FOLHA DE VIDRO. E O HOMEM, o horrível torturador, observa avidamente todos os nossos males.

Ele pega nossa gaiola, abre o chassi ao meio, como um gigante separaria pelo meio um imenso palácio. Seu gesto devastador demoliu a cidade, desmantelou casas e galerias e agora, diante de seus dedos que desejam nos agarrar, entre escombros que desmoronam, fugimos desesperadamente.

Uma após a outra, ele nos agarrou. Colocou-nos em uma caixa exatamente igual à primeira antes de construirmos a cidade; ela está vazia, nua, sem abrigo, sem provisões, mas também é toda nova, toda fresca. Ao sair da cidade fétida, ela nos parece apenas um pouco malcheirosa: ela só carrega o cheiro dos dedos humanos, sufocante para nossos órgãos saudáveis, quase imperceptível para nosso olfato exausto que a carnificina fatigou. E a caixa é colocada, com a entrada aberta, sobre a mesa onde já tivemos um lugar de passeio.

Somos seis sobreviventes apenas. Mas, em nosso novo domínio, o homem introduz estrangeiros em número igual, seis daquelas pequenas *Lasius* cujos pulgões roubamos no passado. Sem dúvida, o homem quer oferecer a si mesmo um espetáculo de batalha.

As *Lasius* são fracas e covardes. Nós as mataríamos facilmente. Mas para quê? Ainda existem pátrias, ainda existem instintos de ódio, depois de tantos horrores enfrentados e diante do futuro terrível que prevemos, um deserto sombrio onde nenhum oásis de esperança sorri?

As pequenas *Lasius*, em um canto, se aglomeram trêmulas, prontas para se defender um pouco, prontas para logo aceitar a morte em uma indiferença feroz. Que torturas lhes foram impostas, a elas também, sob o pretexto de experiências?

Quando veem que não estão sendo prejudicadas, ousam se mover. Pouco a pouco, elas se aproximam, tímidas, põem suas bocas em nossas bocas, nos oferecem comida. Nós falamos com elas; elas respondem. Mas as duas línguas são muito diferentes: não entendemos as respostas que elas dão às nossas perguntas incompreendidas.

Elas nos olham continuamente, espreitando nossas necessidades, nossos desejos, vêm correndo, complacentes, assim que acreditam adivinhar.

Dias se passam e noites, mortalmente monótonos, sem futuro, sem objetivo, sem cansaço. Os servos nos poupam de qualquer esforço, nos imobilizam em um tédio cada vez mais estreito.

O clima lá fora muda. Sentimos vagamente que as vegetações devem erguer ao céu seus lentos negrores sedosos, que a terra deve cantar, para a vista e para o ouvido de todos os seres livres, o vasto canto da renovação.

Dessa alegria distante, da qual tantas coisas nos separam, surge em nós uma excitação, um desejo inquieto de viver. Caminhamos um pouco mais, sempre nos limites de nosso domínio. Passeamos, melancólicas, ao longo do rio circular.

Ai de nós! Nosso carrasco chega. Voltemos para casa, até que ele se vá... Entre nós e a cidade, ele coloca seis amazonas, e espera.

As grandes bárbaras ruivas, surpresas a princípio e desorientadas, olham ao redor. As *Lasius* nos esquecem, correm para servir as recém-chegadas. Agora entendo as maneiras servis desses pequenos seres: há muito tempo elas eram escravas das amazonas.

Estas têm fome, comem.

Digo a Aníbal:

— Saciadas, elas nos matarão.

— Não — diz ela. — Não temos filhos para roubar. Elas não nos atacarão... Talvez sejamos obrigadas a servir essas gigantes estúpidas. Mas seremos nós que as mataremos, uma por uma, enquanto dormem.

O medo me fez arrepiar, assim como a esperança de assassinato. E meu cérebro esquerdo vê um pequeno Ulisses perdido, trêmulo e sorridente, entre seis enormes Polifemos.

CAPÍTULO XL

SENTI UMA DOR BRUSCA, ESTRANHA, QUE OCUPOU TODO O MEU CORPO, DE REPENTE IMENSO, UMA DOR DE DILATAÇÃO INSANA, UMA DOR DE EXPLOSÃO.

E, homem de repente, me vi em pé sobre a mesa, que era de estilo pedestal e que meu peso fez cair.

Um gesto infeliz fez minha mão afundar na placa de vidro que cobria o formigueiro artificial. Retirei-a toda ensanguentada, com cacos enfiados na carne.

Enquanto eu me levantava, uma mulher entrou — minha mulher! E ela disse:

— Octave, o que é esse barulho? Você me assustou.

Depois, ao ver minha mão:

— Você se machucou!

Com água que estava em um jarro — sem dúvida para renovar o rio circular, impedir a evaporação de libertar as formigas — ela começou a lavar os ferimentos.

Eu não estava gravemente ferido. Logo pude escapar dos cuidados da sra. Octave Péditant, ficar sozinho naquele quarto onde fui uma formiga prisioneira por alguns meses, onde voltei a ser um homem.

Depois de muito pesquisar, encontrei todas as formigas: as seis amazonas (apressei-me em matar essas vis escravagistas), as seis *Lasius* e, o que me surpreendeu inicialmente, as seis *Aphaenogaster*. Como o número permaneceu completo após minha involuntária deserção?

Um momento de reflexão me fez compreender. No exato instante em que voltei a ser Octave Péditant, a formiga que me substituiu na vida humana recuperou sua forma primitiva.

É provável que ela não tivesse conservado, durante o ano de exílio, seu pensamento habitual, e muitas vezes pensei nos sentimentos nostálgicos que levaram essa formiga, agora homem, a estudar as formigas.

CAPÍTULO XLI

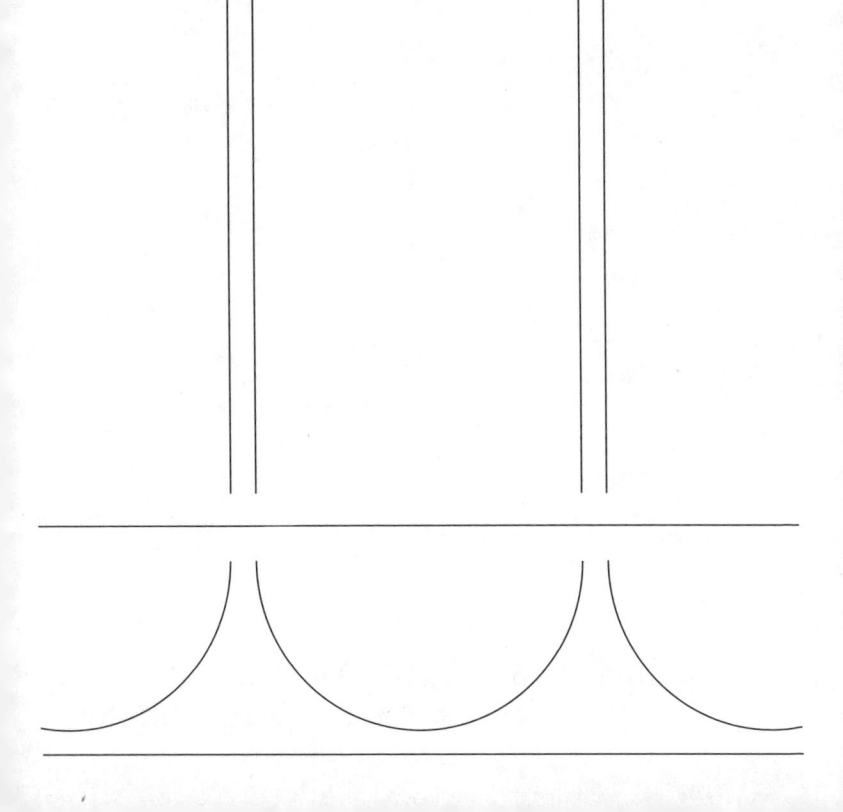

EXAMINEI LONGAMENTE MINHAS COMPANHEIRAS DE HÁ POUCO, TENTANDO RECONHECÊ-LAS, SEM SUCESSO. QUAL DELAS ERA ANÍBAL, TÃO PRUDENTE EM CONSELHO, HABILIDOSA E CORAJOSA NA AÇÃO?

Qual era Aristóteles, genial e boa, Aristóteles que me havia prestado tantos serviços, Aristóteles que um dia, sob o morangueiro funesto, salvou minha vida?

Coloquei esses pobres insetos em um tubo de ensaio. Levei-os de volta para Chambrancon, para o ninho abandonado. Levei ambas as *Aphaenogaster* e as *Lasius*, já que viviam em boa harmonia e porque a comunidade estava muito carente de mandíbulas para a manutenção da cidade e outras tarefas necessárias.

Conservo por este formigueiro um amor patriótico que me fez cometer crimes contra outros formigueiros. Procurei o ninho das amazonas que nos forçaram a fugir, que nos precipitaram em tantos infortúnios; destruí o covil e matei todas as guerreiras.

Depois de restabelecer a segurança para minhas amigas ao massacrar as amazonas, procurei outro ninho de *Aphaenogaster*. Roubei ovos, ninfas, larvas, duas poedeiras. Levei tudo isso para Aníbal e Aristóteles. Para que minhas doze protegidas tenham tempo de criar essa numerosa família, levo-lhes grãos na cratera que dispensam a necessidade de colheita. Tenho orgulho de repovoar minha cidade.

Passo horas contemplando minhas compatriotas, lamentando estar exilado por causa do meu tamanho. Às vezes, pego uma formiga, estudo suas antenas tremulantes, seus olhos, inteligências irradiando em todas as direções, e a rápida potência de seus movimentos. E, tão absurdo como se eu me curvasse para entrar na casa delas, baixo minha voz, minha voz grosseira, capaz de penetrar os ouvidos delas como o camelo do Evangelho passa pelo buraco de uma agulha. Eu a questiono: "Quem é você? É minha amiga Aristóteles? Você entende o que faço por vocês e é reconhecida por isso?".

Ela não me distingue de qualquer outra montanha que anda com dois pés. Ela se agita, aterrorizada por não estar livre, tremendo de medo de ser esmagada. Eu a deixo ir; a observo com um olhar nostálgico. Não posso mais lhe comunicar meus pensamentos nem compreender os dela. Ela nunca ouvirá minha voz. E o movimento de suas antenas é obscuro para mim como caracteres chineses que, diante de meus olhos ignorantes, um dedo de mandarim desenhasse no ar.

E ela vê, essa formiga que foge de mim com terror, outras cores que não as minhas, outro universo que não o meu, um mundo de fantasia que não consigo mais relembrar, que não posso mais sonhar.

Ai de mim! Perdi meu rico pensamento, minha rica memória, meus ricos órgãos de formiga. E você, Aristóteles fugaz, desfruta de tantos sentidos dos quais não tenho mais nenhuma ideia, em meu singular empobrecimento.

Mas um barulho de passos perturba minhas meditações. Eu me viro, me levanto, impulsionado pela esperança louca. Se a fada voltasse... Ah! Como eu lhe imploraria para me tornar uma formiga novamente, desta vez para sempre, e me libertar do tumulto de todo pensamento humano, de toda lembrança humana. Sim, eu suplicaria avidamente a ela. Pois só encontrei compensações insuficientes para aquele rico universo perdido. O beijo é um paraíso tão pobre; a mulher é uma fêmea tão irritante.

Consegui me consolar um pouco pensando na extensão de minha vida. A formiga morre aos oito ou nove anos. Mas uma inquietação me assalta: a duração do meu ano de formiga será contada como um ano inteiro ou como um oitavo da minha existência? A inquietação cresce, lembro-me de uma das primeiras falas da sra. Péditant:

— Mas o que há com você? Parece ter envelhecido dez anos desde ontem!

CAPÍTULO XLII

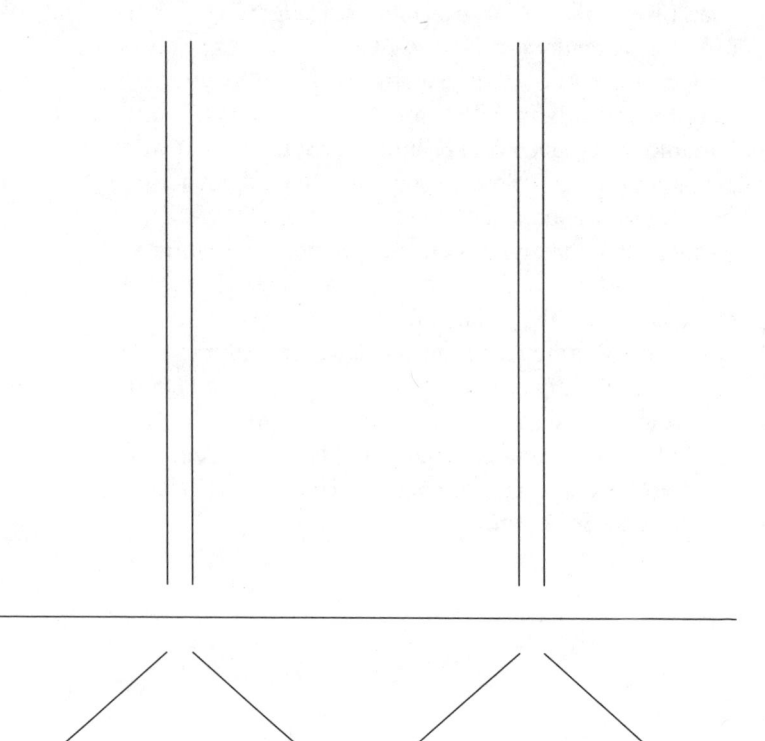

SOU RICO. HERDEI DE UM PARENTE QUE NEM SEQUER CONHECIA. A FADA MANTEVE SUA PALAVRA. EU ESCAPEI DA ESTUPIDEZ ADMINISTRATIVA. PEDI MINHA DEMISSÃO.

Construí uma casa em Chambrancon, para morar perto do meu formigueiro, para viver o máximo possível observando minhas amigas que não reconheço mais em meio à inumerável população de novas formigas.

É minha única alegria.

Minha vida humana é muito infeliz. Eu amo minha esposa tão odiosamente quanto amava a formiga Maria. Tenho ciúmes furiosos que não posso expressar. Ela frequentemente me diz:

— Você foi perfeito durante um ano. Mas desde aquele dia em que cortou a mão e ficou, de repente, sem que eu possa adivinhar por quê, com tantos cabelos brancos, você está pior do que outrora.

E, com carícias que me irritam, ela suplica:

— Volte a ser o delicioso Octave daquele ano em que fomos tão felizes.

Quando ela fala assim, elogiando meu substituto e me culpando, tenho desejos loucos de matá-la como matei Maria. Em outros momentos, fico tentado a destruir a colônia restaurada e massacrar todos os seus habitantes para matar meu rival. Não, não vou matar minha querida Aristóteles.

Fujo dos homens: toda vez que encontro um, a estupidez dele me parece tão enorme que me faz sofrer.

Minha única distração foi escrever este livro, pensando maliciosamente: "Ninguém vai acreditar em mim e elogiarão o poder da minha imaginação, quando deveriam criticar a mediocridade desbotada da minha memória".

Mas agora que o livro está terminado, o que vou me tornar?

Dados Internacionais de Catalogação na Publicação (CIP)
(Câmara Brasileira do Livro, SP, Brasil)

Ryner, Han
　　O homem-formiga / Han Ryner ; [tradução Jorge Coli]. -- 1. ed. --
São Paulo : Ercolano, 2023.

　　Título original: L'homme-fourmi
　　ISBN 978-65-999725-3-9

　　1. Ficção francesa I. Título.
23-177579　　　　　　　　　　　　　　　　　　　　　　　　　　CDD-843

Índices para catálogo sistemático:
1. Ficção : Literatura francesa 843
Aline Graziele Benitez - Bibliotecária - CRB-1/3129

ERCOLANO

Editora Ercolano Ltda.
www.ercolano.com.br
Instagram: @ercolanoeditora
Facebook: @Ercolanoeditora

Este livro foi editado em 2023
na cidade de São Paulo pela
Editora Ercolano, com as famílias
tipográficas Bradford LL e Wremena,
em papel Pólen Bold 90g/m² na
Gráfica Geográfica.